旗袍 時尚 情畫

陸梅 著

JPC

※

序一

開門復動竹，疑是故人來

陸梅又要出新書了，真為她高興。

說真的，我的確素來不答應給人寫序，就是自己的書也是自序，不過給陸梅的新書寫序卻是我的榮幸。一是我超級喜歡才女，二是我用過她無數幅畫作自己文章的插圖，也欠她的人情。

我喜歡欠朋友的人情，只有這樣才有可能為朋友做點什麼。

不認識陸梅的時候，就喜歡她的畫。

她筆下的女子形象生動、形神兼備，寥寥數筆卻畫出了骨子裏的女人味。什麼是地道的女人味，在我看來便是感性、靚麗、任性而又迷茫，加一點點慵懶和不自知的天真。

所以我想像中的陸梅是個高冷的女孩，恃才傲物，不好相處。

但又才華橫溢，不容忽視。

認識陸梅以後，我對她的認識完全是另一個極端。

首先就是她不極端，甚至是一個不自信的女孩，無論你怎麼誇她好，她都覺得自己不夠好；無論你怎麼給她加油打氣，她都是一臉茫然。

別的女孩子，若有她一半的才華，肯定要上天了。

陸梅不是，她真的是超級謙和。

而且遇到她信任的人，她的內心完全不設屏障，沒有防火牆。

第一次我們深聊居然就可以淚眼相望，因為她太真誠了，會讓你的情感在不知不覺中淪陷。

她不僅謙和，而且謙讓。

據我所知，她並不是很有錢，可是她一點都不貪財，為人處世毫無貪念，反而特別替人着想，所以跟她相處完全是零壓力、零負擔。

許多人會覺得說人論事，你為何總在強調品格，我們又不是選道德模範。然而朋友，任何一個藝術家都離不開做人的基本尺度，品格恰恰是這個人能走多遠的底色，至少與才華一樣重要。

品格也決定了品位。

陸梅的審美品位毋庸置疑，我見過的穿得亂七八糟的人很多，而陸梅的個人風格特別有細節，她的服飾無論顏色、面料，還是樣式、做工，永遠是並不扎眼卻精緻優雅，並且保有淡淡的才女餘味。

終於，我可以說到陸梅的畫作了。

我知道陸梅希望我通篇多談她的畫作，其實不然。藝術作品這個東西是見仁見智的，若與伊無緣，說到天上去也是白搭；而品行確是一個人行走江湖的通行證，是我們認識一個畫家的窄門。

我喜歡她的畫，只能說明我們是有緣人。

自我的文章裏配了她的圖，我感覺自己的文字都活了起來。而且它們被許多讀者稱讚，成為絕配。我真是從心底感謝她。

這一次她的新書《旗袍時尚情畫》即將面市，比較搶眼的主題是民國旗袍裏的女人，那種美麗、輕盈、淡雅和漫不經心的姿態，猶如唐詩中的「微暖」境界——竹窗聞風而動，疑是舊日的朋友到來。而恰恰是陸梅這樣一個有一點迷糊的女孩，竟然有着超常而敏銳的「穿越」能力，捕捉到她從未經歷過的時代的風情，留下那個時代最後的遺韻和神采。

在一個狂熱競爭、追求成功的時代，我們已經習慣了爭先恐後的節奏、粗枝大葉的交往、急功近利的選擇，對於慢和美的理解僅停留在概念上，然而這便是陸梅和她畫作的價值所在。

當你感受到一種別樣的微風和清流，相信我，那邊是陸梅老師的本意——風雨聲連連，似是故人來。

是為序。

張欣

作家、廣州市作家協會主席

※

序二

在香港的博物館工作多年，退休後放慢腳步，四處走走，接觸不一樣的人間情物。日子算是平淡，但也偶遇驚喜。

逗留在英倫十七世紀宅院期間，發現廚房一角被人遺忘了的「中國風」木櫃，上有一列仕女圖，一下子我思鄉了！流連在美國小鎮古董店某天，又給我看到民初月份牌，與旗袍美女四目交投，魂魄瞬即飛去上海的 1930 年代 —— 我惦念的旗袍黃金歲月。

旗袍可說是我與陸梅女士結緣的橋樑，2018 年我為香港文化博物館撰寫《百物一天—香港 1935》，這是一部以歷史為背景而創作的「文博小說」。當時我正為物色插畫師而煩惱，幸運地遇上陸梅，雖然我倆分隔港粵兩地，但一拍即合。陸梅用她的神來之筆完完全全地把我所構思的人、物、景發揮得淋漓盡致，書中女角們的旗袍式樣更成為了我與陸梅的熱話。

與奮期待陸梅的《旗袍時尚情畫》在港面世。陸梅筆下的民初女子，那種嬌、雅、柔、韻，一舉手，一投足，顧盼生姿。陸大姐的美人又是宜古宜今，她創造的時尚女性，那種俏、亮、脫、酷，帶領讀者穿梭時空之際，又開啟了嶄新的生活體驗。

現今網上資訊排山倒海，對我來說代替不了一書在手那種實在兼愉悅的滿足感。陸梅的畫冊淡淡輕筆，濃濃暖意，圖文並茂，正是你我好收藏之佳作。

司徒嫣然

前香港文化博物館館長

目錄 Contencs

01—喝得高貴　聊得八卦　002

02—有一種顏色　她自帶情話　010

03—愛一個人最瘋狂的方式　022

04—怎樣的姿勢成就最高境界　030

05—中國式性感的背後　040

06—民國時代的那些生無可戀　052

07—優雅的壓力　062

08—高級臉必備短髮的潮與嘲　072

09—明亮的星　082

10—不負好時光　090

11—那一段「嫵媚」的平胸時光之下的內衣　098

12—蕉葉千香　小團圓　110

13—用最快的速度經營慢生活　120

14—烤麩、剁辣椒和五柳炸蛋 128
15—一團矛盾 134
16—何必歲月靜好，你本風韻猶存 142
17—擼清民國旗袍 152
18—穿旗袍那些事兒 162
19—生命是時時刻刻不知如何是好 170
20—活在一張白紙上 176
21—一別兩寬　各生歡喜 182
22—我們為什麼迷戀太太的客廳 190
23—且慢 198
24—去趟民國 204
25—江南無所有　聊贈一枝春 214
26—昔日新女性 224

◎附　記
01—浮生若夢　速記下江南 240
02—誠覺世事盡可原諒 260
03—旗袍迷媽媽們十大經典拍照 POSE 270
04—我的信仰是孤獨 280

◎後　記
旗袍　女人的最愛 One Piece 292

01 — 喝得高貴 聊得八卦

豪氣的朋友或朋友的朋友，都開起了各式茶室、佈起茶道。

每間茶室都別有格調，越闊氣的越空——雕飾鏤刻的木格窗花通天到頂，米咖色竹簾垂天落地，座位是蒲團，沒有點練過瑜伽的底子，咧開的腿一會就麻了。

讓我歡天喜地、垂涎三尺的，是花樣繁多的茶具、千姿百媚的插花，我拍起照來總是沒完沒了。不捨得在這好地方閉眼冥想，當然顧不上參禪、放空了。

我不會品茶，喜歡喝茶，可能每天都喝吧，也許成了習慣，有時候，不過是折騰各式各樣的好看杯子。

英弟《廣東的茶館》（《人間世》一九三五年第三十三期）裏描述了廣州茶館的由來和等級：

最早街邊巷口遍地開檔的，叫二厘館，專供販夫走卒打發時間，發牢騷、聊八卦，賣的東西特別便宜，可謂最接地氣的百姓日常去處。

「他們挑擔拉車之餘，得此時間休息吃食，真是地獄中的天堂了。」喝茶，成了生活的必需。

另一種就高等些，叫「茶樓」，一般設在樓房的二三層及以上。廣州人稱飲茶為「上高樓」，上茶樓不光喝茶，還包括了吃點心，茶樓愈高則茶價愈貴。

再來就是新興的，叫「茶室」，賣的東西比茶樓還要精細，茶價貴得可以。房間裏的家私名貴得很，地方更加清潔。「一切一切都舒服極了，不過就是價錢貴一點兒。可是，這並不相干，光顧的盡是政客、闊佬、公子小姐。」

二十多年前，廣州的茶樓可要比現在多很多，價格高低不同，親戚朋友來穗，肯定要上茶樓，一大桌點心夠聊一個上午，茶樓從來沒安靜過。

現在地貴租高，鬧市裏的普通茶館漸漸就少了蹤影。

今天，新的「茶室」更高一個台階了。

星巴克教會了我們，在星巴克空間喝咖啡，已經不僅僅是喝一杯咖啡那麼簡單，那個叫「第三空間」——所謂家庭居住為第一空間，職場為第二空間，喝咖啡演繹出供個體釋放自我的第三空間，人盡皆知。如今，這個第三空間早已成為現代商業業態的所謂戰略規劃了。據說，衡量一個城市最能體現多樣性和活力的，就是這樣一塊空間。

因此，現在的新茶室，品茶之外，開花道課，或教瑜伽，或練書法，或繪畫培訓，價格再貴一點兒也不是什麼事兒，關鍵是有了這樣一個高格調的空間。

二厘館的那個年代，人也不知道是

怎麼過的人生。

真愛喝茶的，仍是生活的必需。

我樓下小賣部的潮汕阿伯，兩平方米的迴轉地，無論什麼時候見到他，都守在他的一方茶盤前，功夫茶杯不離嘴。

喝茶，從來沒有像今天這麼被高抬。

人在道中，而不知道之存在，什麼時候喝茶成了通向人生感悟的天階了呢？

世間最美
莫過等待
花蕾盛開
果實成熟
佳音有信
遠人歸來
……

就這樣靜靜地坐着
莫負了這一杯茶
端平了小杯滿
空空去放得下
就不遠送了
沿來路回去
小池邊
也許會撞見

一朵野荷花
我想有一所房子
小小的
可以容下：
孤獨
野花
松風
偶爾的雨點
……
夜半的時候
月光凝白
此時的溪水才可以淺唱
我想我可以種一樹桃花
春天的時候
溪水會泛起溫暖的顏色
這種淡香的水流
會奔向村莊和城市
告訴遺忘節氣的人們
只要心還有一分逍遙
便可以領回
十分的春天
……
一個人
一場雨
天餘事
隨意小臥
便是桃源

——引自和堂空一《由心》集、《且慢》集

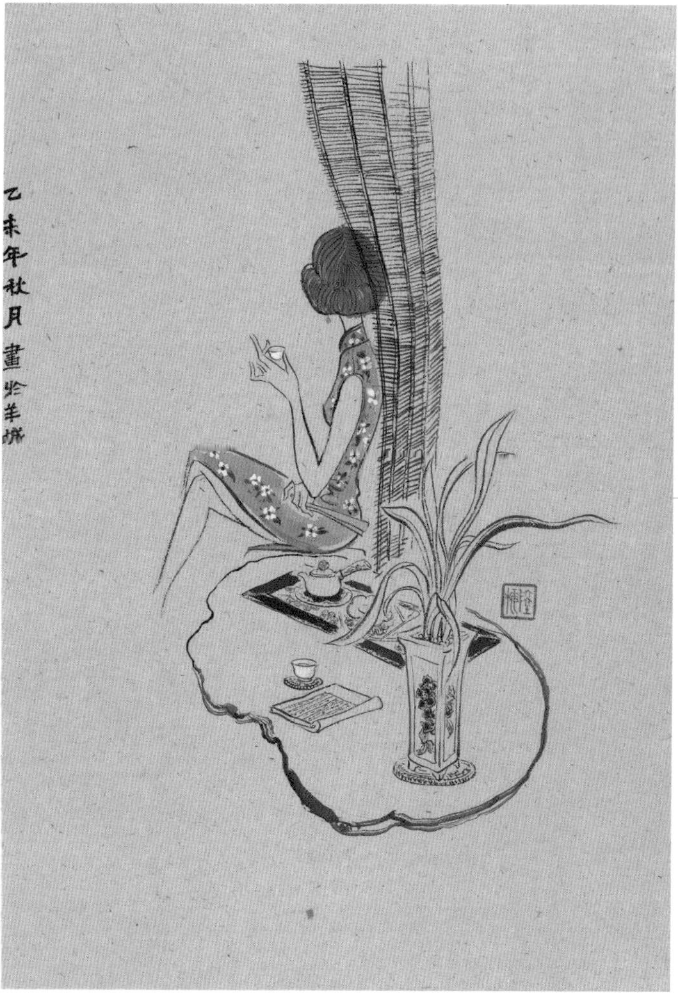
乙未年秋月畫於羊城

02 | 有一種顏色 她自帶情話

高考第二天，為慶賀孩子旗開得勝，所有中學門口的媽媽們組成旗袍黨，蔚為壯觀，爭奇鬥艷，烈日烤焦了花色。

這時候，能鎮得住場、穩得住氣的，估計得是「陰丹士林藍」吧。

看看那個年代，鋪天蓋地的月份牌中的「陰丹士林」布廣告吧。

我很快樂因為我所穿的衣服完全是用永不褪色的各色「陰丹士林」色布所做。每碼都印有這樣的「陰丹士林」布邊印記。

瞧，近一百年前的優秀廣告：沒有囉哩囉嗦排列功效一大堆，商品屬性直接上升精神塔頂，和快樂聯接——「穿了就快樂」，高。

於是，我們說，陰丹士林旗袍真的好美。

但不是所有的藍色，我們都會為之迷倒。

二十世紀六七十年代，整個大陸都被稱作「藍螞蟻」的年代，美不美？「藍螞蟻」一說，源自意大利人米開朗基羅．安東尼奧拍攝的紀錄片《中國1972》。當他首度進入中國時，看到滿街人着清一色藍布衣服，便稱中國人是「藍螞蟻」。這樣的藍色恐怕不會讓人感到美。

事實上我們從未曾離開過這種藍色——祖先們最早從植物染色提煉出靛青作為紡織品染料，讀書做官穿藍衫，即使今天的少數民族地區，苗族、侗族等的蠟染和扎染藍印花布仍在以靛青為染料。

這種靛青，近似黑，比黑淺，下得田地上得學堂，耐髒耐洗，這本是百姓的日常。牛仔布不也是這樣？

有時候，一種顏色，是無法選擇、無可選擇的。生存決定審美。

習以為常，無法時尚。

「陰丹士林藍」的產生算是偶然中的必然。

對的顏色、對的時期、對的載體，不火才怪。

發明陰丹士林這種合成染料的德國化工公司，為了打開中國尤其是上海的市場，看到中國人喜歡穿藍，就以諧音取名「陰丹士林」。陰丹士林大概有七種顏色，只不過莊重、沉靜、樸實的青藍色，恰好迎合了中國民間百姓喜好藍色的習慣。

晚清民初時尚界最大的事就是女學堂興起，中國女子第一次走向社會，雖說在世界女權運動歷程裏算姍姍來遲，可也算提前入世了。

女人們發動的一切的改革，首從服

下圖：20 世紀 40 年代《家庭課子圖》中的陰丹士藍旗袍，尤為能體現當時倡導的女性賢德

上圖：宣傳陰丹士林布的月份牌

丙申陸梅

飾開始。學生們的標配漸漸成勢：一件乾淨素雅的陰丹藍布褂子，短齊膝蓋頭的印度綢黑裙子，長筒麻紗襪子，配一雙刷得一乾二淨的藍球鞋。

這種「潤物細無聲」的陰丹士林藍做成的旗袍，到民國中後期，成為高等學校女性師生的典型服裝。

汪曾祺曾在《金岳霖先生》一文中寫道：

> 那時聯大女生在藍陰丹士林旗袍外面套一件紅毛衣成了一種風氣，穿藍毛衣、黃毛衣的極少……

我們習以為常的簡單潔淨的陰丹士林布，裹在葱嫩乾淨的女學生身上，那股清純，那份純樸，在男人們眼裏別提有多誘惑，很快便成為了社會和男權注視的焦點。

有誘惑為證：

徐志摩曾在某個月夜對陸小曼低語：我最喜歡你穿一襲清清爽爽的藍布旗袍……

這下不得了，一時間，「家家姐妹費商量，不鬥濃妝鬥淡妝。想是名花宜素艷，一齊淺色看衣裳」（黃式武《淞南夢影錄》）。

妓女和太太們爭先恐後，紛紛效法，裝扮成學生樣的時髦。更有意思的

是，也有女學生效仿妓女穿着的。

藉用梁實秋在《關於衣裳》提到過他印象中關於衣服最徹底的話：

> 我們平常以為英雄豪傑之士，其儀表堂堂確是與眾不同，其實，那多半是衣裳裝扮起來的。

同理，以着文明新裝掀起的民主運動，衣飾是革命了，可作為女人，內心依舊包裹着小腳，服從着男人的欣賞觀，裹上端莊靜雅的陰丹士林藍布旗袍，想要呼喚的不過是內心渴望被誘惑的魔鬼。

還是女人最懂女人，王安憶《長恨歌》已點明：

> 貞女傳和好萊塢情話並存，陰丹士林藍旗袍下是高跟鞋，又古又摩登。……出走的娜娜是她們的精神領袖，心裏要的卻是《西廂記》裏的鳥鶯。

這份既開放又內斂、既時髦又保守的「陰丹士林」美啊，只屬月份牌世界裏那裊裊婷婷的美人吧。

03 — 愛一個人最瘋狂的方式

從前的中國沒有情人節，卻有很多情書；以前的車馬很遠，書信很慢，一生只夠愛一個人。通訊越是發達，那些記錄在紙頁間一筆一畫寫的文字反而顯得彌足珍貴。

愛一個人最瘋狂的方式，就是一天寫九封信給她——沈從文苦戀張兆和，孜孜不倦地寫信傾訴。四年後，兆和因為「他的信寫得太好了」，許下一顆芳心。

沒有一種方式，比書信這種遊戲，更能給漠漠人世間的男女物種，延長互存共依的時間了。

當然，卻再也不會有。

有感情是什麼呢？

相互的好感吧，一來一往的碰撞吧，相互拉扯的時間再儘量延長一些吧。

想像和等待，披在動物性上的外衣，何曾不是最具詩意的精神麻醉。

想像、焦急、等待、難耐、牽掛、相思……一時無法實現的過程，支撐着聯接，填滿了日夜。

即見的視頻，隨時傳喚的語音，觸手可得的對方，我們就偏偏要急着去剝下脆弱核心的包裹。

智能時代，生命可以更漫長，而情感，土崩瓦解。

安靜、內斂、綿長的愛，往往在等候裏無限加固。

歲次丙申秋月
陸梅

還是留點時間，給等待。

我希望我能學做一個男子，愛你卻不再來麻煩你，我愛你一天總是要認真生活一天，也極力免除你不安的一天。為着這個世界上有我永遠傾心的人在，我一定要努力切實做個人的。

——沈從文致張兆和

妹妹，你的信我都好好收起，注明號碼，哪封是哪天發的，哪天到，我都寫得明明白白，好帶回家去。我們肩並着肩地從頭細看，細數這五年的離情別意。

——朱湘致劉霓君

不要愁老之將至，你老了一定可愛，而且，假如你老了十歲，我當然也同樣老了十歲，世界也老了十歲，上帝也老了十歲，一切都是一樣的。

——朱生豪致宋清如

我一天一天明白你的平凡，同時卻一天一天愈更深切地愛你。你如同照鏡子，你不會看得見你特別好所在，但你如走進我的心裏來時，你一定能知道自己是怎樣的好法。

——朱生豪致宋清如

今天早晨起來拔了半天草，心裏想到等你回來看着高興。荷花也放了苞，大概也要等你回來開，一切都是為你。

——郁達夫致王映霞

我愛你樸素，不愛你奢華。你穿上一件藍布袍，你的眉目間就有一種特異的光彩，我看了心裏就覺着不可名狀的歡喜。樸素是真的高貴，你穿戴齊整的時候當然是好看，但那好看是尋常的，人人都認得的，素服時的眉，有我獨到的領略。

眉，我寫日記的時候我的意緒益發蠶絲似的繞着你；我筆下多寫一個眉字，我口裏低呼一聲我的愛，我的心為你多跳了一下。

你從前給我寫的時候也是同樣的情形我知道，因此我益發盼望你繼續你的日記，也使我多得一點歡喜，多添幾分安慰。

——徐志摩致陸小曼

我先前偶一想到愛，總立刻自己慚愧，怕不配，因而也不敢愛某一個人，但看清了他們的言行的內幕，便使我自信我絕不是必須自己貶抑到那樣的人了，我可以愛。

聽講的學生倒多起來了，大概有許多是別科的。女生共五人。我決定目不斜視，而且將來永遠如此，直到離開廈門。

——魯迅致許廣平

親愛的妻：這時他們都出去了，我一人在屋裏，靜極了，靜極了，我在想你，我親愛的妻。

我不曉得我是這樣無用的人，你一去了，我就如同落了魂一樣。我什麼也不能做。

前回我罵一個學生為戀愛問題讀書不努力，今天才知道我自己也一樣。這幾天憂國憂家，然而最不快的，是你不在我身邊。親愛的，我不怕死，只要我倆死在一起。

我的心肝，我親愛的妹妹，你在哪裏？從此我再不放你離開我一天，我的肉，我的心肝！你一哥在想你，想得要死！親愛的：午睡醒來，我又在想你。時局確乎要平靜下來，我現在一心一意盼望你回來，我的心這時安靜了好多。

——聞一多致高孝貞

我的愛：昨天寄上二函，下午一函報告我不能如約於二十二日動身，匆匆寫好寄出，不知信裏說了些什麼，料想你看了一定不痛快，我心裏好難過。愛人，我不是不想早一點飛到你身邊，實在是命運捉弄人，美國的環境及法律手續之繁處處掣肘，使得我困在此地。當然，我不等支票，空手回去，是辦得到的，但是想來想去，那很不好。我必須隨身帶一些錢。因此只好耐心等候，對不起我心愛的人。愛人，我不像熱鍋上的螞蟻了，我像是泄了氣的皮球！滿腔歡喜準備回去與你相聚，突然知道又要延期，這打擊實在太大，而且沒有人同情！我越來越覺得只有你一個人是我的知音！任何其他的地方不能給我溫暖。愛，我現在只有忍耐，儘量利用空閒寫一點東西，打發掉這難以忍耐的時光。希望你也善自珍攝，千萬保重，一切謹慎小心，至要至要。我最不放心的是你一個人在家裏，晚上有人陪不好，沒人陪也不好，我掛念極了！愛人，郵差現在還沒來，急於出去寄信，下午再寫，

你的人，秋。

——梁實秋致韓菁清

04 | 怎樣的姿勢成就最高境界

近日被北京故宮熱展的千里江山圖刷屏！

好學的全國小夥伴們被迅速科普了「青綠山水」的知識，一時間，山水文人畫彷彿藝術界繪畫界的 Fashion「歡喜秀」，變得潮起來。

從事設計二十多年，我的中國繪畫史仍有點缺課。

那個年代，我們都以西畫的油書為大——油畫那活生生的人物，筆觸突出的肌理，各種各樣的工具，刀棍鏟齊上，技法的轉換，都覺得好高級。

做畫家，第一反應是最好成為油畫家，喏，梵・高、畢加索啊，人人張口即來。

國畫的山山水水，有什麼看頭呢？

直至如今，快年過半百，我開始咂巴出點味了。

我喜歡看什麼呢？

看小人。

背年代、名家，並不困難，但是沒用啊。

山山水水，歷朝歷代，各有其妙。

風格、技法、筆法、題跋……我太外行。

我的「尋幽探勝」之樂，往往落眼於山山水水間的人身上。

一、古人其實也想翹剪刀腳

比起文人經典題材「戶無來跡、無人之境」的那幅《玉洞仙緣圖》，我更願意看仇英的另一幅《梧竹書堂圖》：蕭蕭峻嶺中，小小人袒懷而坐——不就是我常常發呆的樣子嗎？

就差我的經典交叉剪刀腳翹桌上了。熟悉我畫的朋友們，知道我畫了大量翹着腳丫閒嘆的姿勢。

然而，這，何嘗不是一種寄託？

而這個姿勢，出賣了千古浩蕩，人的初心無非這般，大抵都心心相印——千帆過盡的最後，不就圖個高山對流水、獨飲醉夢空的逍遙自在麼？

二、最高境界之「油膩男」在此

不同於歐美視角主導天下的肌肉男，我們常在文人畫中看到這樣一堆那個年代的「油膩男」——禿頂、人肚，而且袒胸露乳、衣冠不整。

上海博物館藏的著名《憩寂圖》，就是這幅德性的最佳演繹。

再來看劉貫道的《夢蝶圖》，依舊是這幅兩耳不聞窗外事的一派自在。

朱瞻基的《武侯高臥圖》，畫的這個大白胖子，又是誰？

（明）仇英《梧竹書堂圖》，右圖為局部放大圖

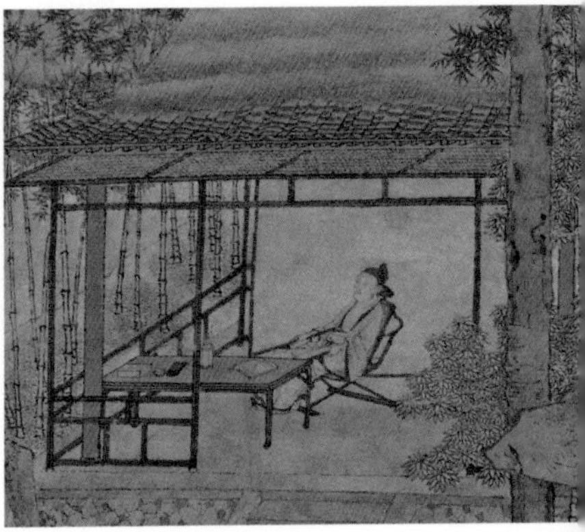

右圖：《憩寂圖》，上海博物館藏

左圖：（清）冷枚《胤禛行樂圖》，北京故宮博物館藏

（元）劉貫道《夢蝶圖》

（明）朱瞻基《武侯高臥圖》

是羽扇綸巾的諸葛武侯諸葛亮啊，擱在現在的熒屏上，怎麼可能有收視率喔！

他不是應該風流倜儻、端坐城樓負責搖扇子麼！

因此，古人從來是把這看似懶散的樣子推崇為「最高境界」啊！——即使道路坎坷、生命困頓，也要用優遊不迫的姿勢，穩住心懷。

下面這位落魄男，更要遭全體美女「滅燈」了。

誰？

雍正皇帝啊。

自詡「以勤先天下」的雍正皇帝，一生忙着創新改革，疲勞程度絕不亞於現在飛來飛去的大忙人。

他叫畫師給自己畫像，卻並不要畫金碧輝煌的大殿之上的自己。

從這幅畫中，你就知道，一個皇帝嚮往的卻偏偏是「乞兒唱蓮花落」，一缽孤身萬里遊，鄉村野夫般浪跡天涯的生活啊！

注意，畫的題目還叫「行樂」。

寄情於民國畫的自己，又何嘗不是如此呢？

通過畫，「陸麻麻」可以常常給自己加戲。

朋友拍了我在拍別人場景，於是就

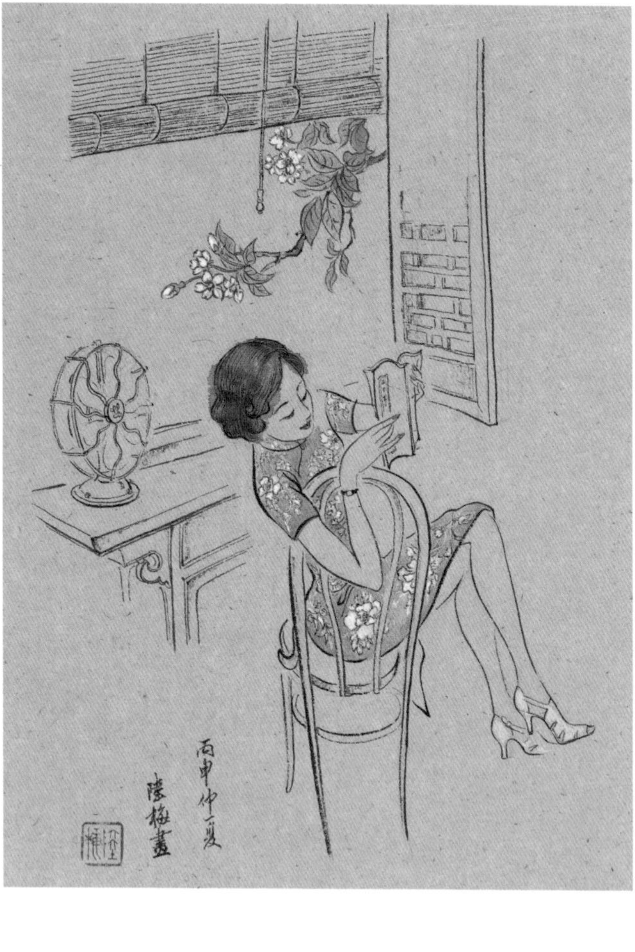
丙申仲夏
陸梅畫

有了下面這幅圖。

人眼中的破爛角落在我眼裏，卻彷彿看到一位裊裊美女正掀簾而出……

筆法固然重要，但境界最高。

最高境界是什麼呢？

它總是和生命相關，與對生命的嘆息不捨相關。

它懷有你的寂寞、少不了你我他的寄託，它是短暫中的恆久遠，也是虛幻中的那切切念念的真。

人間四月芳菲盡，
山寺桃花始盛開。
長恨春歸無覓處，
不知轉入此中來。

——白居易

即便入冬，在我心中，永遠也是春意盎然啊。

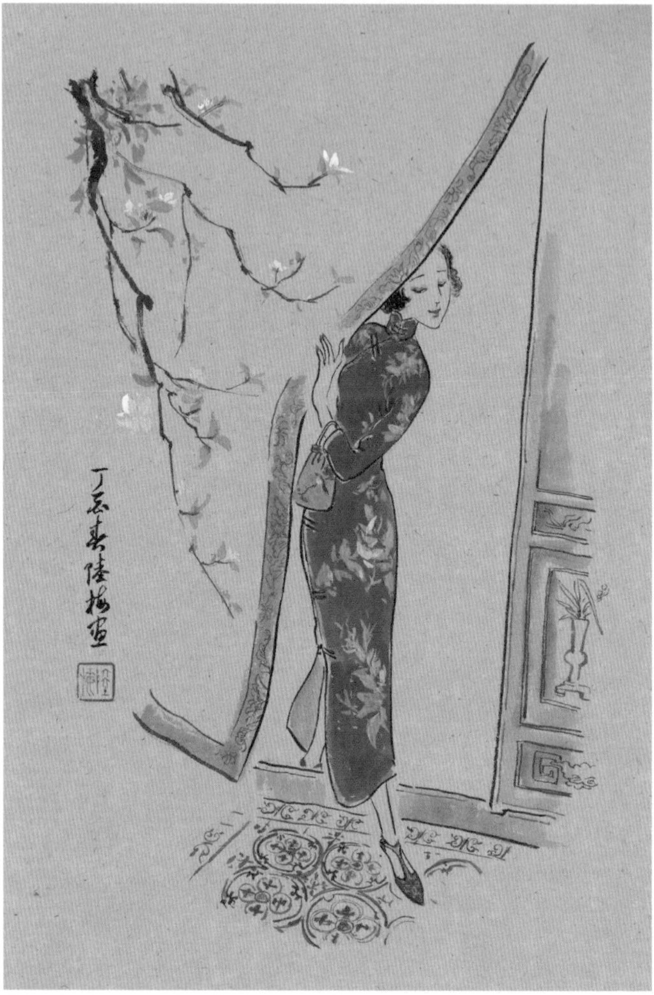

05 — 中國式性感的背後

一場維密大秀（Victoria's Secret Fashion Show），又一次把性感推到高潮——女人，美麗的女人，性感的女人，觀賞者趨之若鶩，嚮往之，都愛看。

我們可並不僅僅是看大胸哩。

「天使」們集合了全世界最美的A罩杯陣營（充其量只是B罩杯）小胸女人們，終於證明大胸不是性感的唯一標準。

尤其是這次「中國四美」模特，說明我們除了胸，還要長腿，要美貌，要活力四射的自信。

然而，維密「天使」們被製造出大胸的視覺感，確實代表了新時代審美，更繞不開如何顯得更性感、更富有吸引力。

在對待性感這件事上，中國女人從未停歇。

從小馬甲的流行，到天乳運動的束放之爭，從民國時期到當今時尚服飾，最初的源頭並非只是所謂的解放自我，充滿革命性。

早年的馬甲旗袍年代，束胸也是時髦，只不過那時候性感的不在胸，而在腳。

很多時候，不過是周圍環境使然，女人的種種行為，不過是喜歡模仿、喜歡新潮、喜歡外來的、所以想盡辦法希望自己成為有吸引力的那個。

一、性感之一：一半兒人家一半兒妓

從來是隔壁飯菜比較香，所以爭相來模仿。

只因從前滿族婦女的袍子乃貴族象徵，漢族女人們便想模仿一番。

有意思的是，在漢人模仿旗袍更早以前，旗人婦女嫌她們的旗袍缺乏女性美，也想改穿較嫵媚的襖褲，被皇上嚴厲禁止了。

當然，那時候的袍子與現在前凸後翹的旗袍還不是一回事。很長一段時間裏，旗袍都予人男性化的感覺，和當今流行的「BOY FRIEND」（男朋友）中性

董竹君十六歲第一次照相，還裹胸的年代

風也沒差。

連美感上很認可旗袍的周瘦鵑先生，着眼的也是旗袍的男性美：

婦女的裝飾實在以旗袍為最好看，無論身材長短，穿了旗袍，便覺得大方而裊娜並且多了一些男子的英爽之氣。

——周瘦鵑《我不反對旗袍》，《紫羅蘭．旗袍特刊》一九二五年第一卷第五號

當時女性的身體特質被完全束縛，中國女權運動先驅、錦江飯店創辦人董竹君在《我的一個世紀》中這樣描述少女時期穿的袍子：「十五六歲時穿的服飾

20世紀30年代的閨蜜排排照，都不強調胸部曲線

就是一件灰色無花的綢面灰鼠皮襖（那件皮襖相當大，穿起來不合身的），一件緊胸的布背心（當時女孩子都要把胸部捆得緊緊的），一條黑緞褲，一雙黑鞋和白洋布緊襪套。」

有一種說法，論民國服飾，是妓女與優伶引領了潮流。

> 不領之衣，露肌之褲，只要妓院中發明出來，一般姑娘小姐，立刻就染着傳染病，比什麼還快……
>
> ——《妓女的衣着》，《紅雜誌》1922 年第 13 期

晚清十年的最後變革，女學生們的時尚貢獻力量最大。

她們大都不纏足，衣飾整潔，很快成為社會和男權注視的焦點。

因此，一時間，「家家姐妹費商量，不鬥濃妝鬥淡妝。」

女為悅己者容，良家婦女模仿學生裝，青樓女子也迅速效仿，甚至傳出妓女的評判標準。「貂狐金繡」的妓女，被目為庸妓，最高段位乃穿學生裝的妓女，才是時髦而高尚。

而更極端的是，女學生也有效法妓女的，就不多說了。

這一頓胡亂的相互模仿及相互羨慕，偶爾角色扮演，一半兒男人一半兒

丙申
夏月
陸梅
畫

女人，中國女人們在「性感」這事上，早就「開竅」了。

二、無奈束胸 小腳撩人

現在看來歐洲畸形的突胸顯臀的束胸，被當時國內的女子們視為新潮的。

縛乳這件事，在娼妓、姨太太、小姐和女學生中間都很流行，不過她們都是好新奇，加一個「新」字也不為過。

——吳明《為什麼要縛乳》，上海《民國日報》1920年4月15日

明知妨礙身體發育，但環境所趨，各地女校學生均以束胸為美觀。為美，從來不惜代價。

當時，相襲成風，政府不得不頒令查禁女生束胸。廣東省政府曾下令禁止婦女束胸，還提倡實行「天乳」運動呢，論開放，廣東省政府總是開風氣之先吶。

因此，一百年前的美的指標、性感的標準，還是殘酷的束胸呢。

而性感，不在胸上，定在別處。

有記載說，從前的女子臨睡時還穿一種睡鞋，軟底，不染塵，合歡之時不脫睡鞋，雖「合歡不解」，卻被底撩人。甚至洗浴時也不脫鞋子，所以有詩曰「試浴銀盆，似水畔蓮垂兩瓣輕」。

「問伊家何處最撩人？綃帳低垂，蘭燈斜照，微褪些跟」的香艷級數，為之魂蕩，又怎是維密式的性感可比？

三、欲擒故縱　內衣亮出來

一會束，一會全放，性感曾經那麼任性。

天乳運動最有力的鼓吹者張競生博士，堪稱那個年代的兩性專家，據說發表過一篇演講《論小衫之必要》，分別告知男女內衣的重要性：「小衫這件東西是愛的藝術的結晶」，可以「去引起異性的戀愛」，「因為解放光了，魅力也光了」。

民國初年，膽大的女性穿這種馬甲

丁酉夏陸梅畫

他教男生要更加發揮固有鑒賞小衣的知識。

又教女生講究小衣的材料、形式、顏色、花邊等。「務知因這小衣，兩性都充分滿足了肉欲，這就是兄弟討論的大要，也就是兄弟唯一的希望。」

這無疑是男性視角之下的心理，要批判的。

就算我們號稱旗袍最具東方美，其性感背後，還是福柯在《性經驗史》裏點出了源頭：

> 不要小瞧性的偉大作用，因為我們的社會就是性在調節——當性被喚醒，我們控制身體，進行繁衍；當性被過度壓抑的時候，人們無以宣泄情緒，便會催生一系列以性為主題的文學藝術；而當一些與性相關的行為，影響到社會文明時，相應的對策也就應運而生。
>
> ——米歇爾·福柯《性經驗史》

女人沒有不想性感的，男人，估計沒有不愛性感的吧。

06 | 民國時代的那些生無可戀

跨年夜一篇《你們憑什麼認定生活會越來越好？》的文章，鎖定「中年中產」，似一份年終總結，讓掛在微信上的「中產」們深感生無可戀。

我們埋首頻繁的年終評估裏，我們憂慮着年終獎，我們無法預設未來，這令人惶惶不安。

享受過好機遇的，希望這局面能一直撐下去；錯過末班車的，嘆息沒有趕上好機遇，焦慮老無所依。

「危言」替代了原本該有的新年寄語和希望。

生活，還能更好嗎？

我畫民國美人圖。

朋友常嘆息，真想回到民國，那才是個好時代。

也許，我們印象中的民國，是因為從小背誦過的《再別康橋》、是因為匯總過後提煉的傳奇情愛、更是因為黑白相片裏裏着的旗袍透出的氣息吧。

陳寅恪、魯迅、傅斯年、林語堂、徐志摩……

阮玲玉、呂碧城、林徽因、蔣碧薇、張愛玲……

人人脫口而出的代表人物，幾乎是教科書裏背出的答案。

回看八十多年前的1932年——東北三省淪陷，「一·二八」淞滬抗戰爆

發，蔣介石第四次發動軍事「圍剿」……

那時候談新年願望，才真是一籌莫展。

那些著名的文人名流，彼時同樣正值中年，才真正是生無可戀啊。

一、生無可戀之求溫飽

餓不死，賣得出書稿，買得起必要的書籍，並且有時間看，如是而已。

——彭芳草，《讀書》雜誌特約撰述員

在這漫長的冬夜裏，我們解決當前的問題吧：快快奪取窩窩頭，快快抓來破棉絮，快快撲殺蝨子、跳蚤、刺客和強盜。

——孫伏園，定縣平民教育促進會

我沒有夢想。

——俞平伯，清華大學教授

二、生無可戀之求逃離

我個人夢想不要生病，吃得胖些，走得快些，希望寫得出一些東西，或許寫不出，這也不要緊。我很想身體好些，有力氣回到山裏去砍柴買或者耕田都好。

我懶得在上海灘上，看一些假高爾基、

陳設珍女士獨唱會

契訶夫、莫泊桑！我夢想能跟了一個愛人逃走。

——章衣萍，新世紀函授學社社長

因目下的社會狀態壓迫我的結果，我只想成一個古代的人所夢想過的仙人，可以不吃飯，不穿衣，不住房屋，不要女人。因為仙人是可以不受到實際生活的壓迫的。這當然是不能實現的夢想。

——郁達夫，小說家

想憑我的智力和勞動到可愛的田園中去生活。

……弄一二十畝足夠一年之食的田，再買些地預備種種果樹和花木。養蜂、養雞是農家最好的別業，不妨也是幹幹。村中唯一的交通器具是靠船，划子不得不備一艘，運動是我在都市中時刻想到而難得機會的，在這裏定可如願以嘗。

——茅震初，《晨報》記者

假如有一天能使得我在生活上有一點夢想的話，那麼，我是很知足的，我只想到靜穆的村中去居住，看一點書，種一點蔬菜，仰事俯育之資粗具，不必再在都市中為生活而掙扎，這就滿足了。

——施蟄存，《現代》雜誌主編

三、生無可戀之求意義

中國是沒有未來的。

——巴金

在現在亂離之世，精神上真是痛苦極了，在精神上痛苦的時候，我覺得佛學

書中所講的解脫人生苦厄的方法，有幾種是頗有道理的……

——俞頌華，國立上海商學院教授

……物質的欲望沒有停止的一天，專事用「物」的享用來滿足生活的人，終於沒有滿足的一天：咖啡館中的沉醉，跳舞場裏的迷戀，交易所內的狂熱，終將使你厭倦與空虛，甚至會使你長嘆一聲：「人生畢竟有何意義呢？」所以生活要使其有持久的平凡，從平凡中尋找藝術的樂趣，人覺得人生有意義……

——茅震初，《晨報》記者

可以說在我們這個時代，物質的需要遠於精神的追求，在衣食豐厚的人們，所夢想的只是精神的滿足和慰安。可是在經濟崩潰的今日，精神的文化的生活，卻只好暫時丟在腦後了。

——吳景崧

如此的民國，還願意回去嗎？

今天我們的心願，和八十年前的那個戰火時代相比，好像沒進步多少。溫飽早已不是問題，房子有一套，還有了第二套、第三套。

那到底是什麼，被暫時丟在了腦後呢？

07 — 優雅的壓力

哎，做女人難，生為女人，卻還要學做女人。

各種女子修行講堂此起彼伏，必定要修得全能，要身心靈同步發展，要修煉各種能力。

我們都爭取成為更好的自己，要活出全新的自己。

我擔心背不過來那一套一套的發展身心靈的要點，從初級、中級到高級的進階靈修。有時候，需要深入靈魂、活出靈魂，抑或讓靈魂散發香氣……

叫我無從入手。

男人眼中的最好女人的標準，終歸和女人心目中的不同。

據說蔡瀾先生的如何成為最好的女子類的品女人書籍（《願你成為最好的女子》），極為暢銷。

可見，女人們總是想求得完美，求得兩全。

曾有回讀書會上，一女讀者奮起直言：

> 現在的女人們，比男人進步太多啦！男人除了賺錢還是賺錢，一點情趣都沒有了。女人們對自己的要求可是不斷在提高，讀書啊，聽音樂啊，旅遊啊，各類興趣班啊，也還要上班賺錢吶。

的確，現在的讀書會，放眼望去九

成都是女性，瑜伽、插花、茶道、焚香、旅遊、寫字抄經，定製，做小點心……

哪個班不是女人佔領絕大數？

我們的目標，早已超越僅僅只是賢妻良母的第二性，但再也不想成為女漢子式的女強人，那種看似浪漫的「法式優雅」才好像是女人的樣子。

民初《良友》雜誌上有專門的課程，比如《小家庭第一課》之類，教那個年代的「女人」如何成為一個稱職的太太，女人應該的樣子、應該要做的事，不過始終圍繞所嫁男人。

從早到晚，給初入婚姻的女人安排了十個模塊：晨起打掃、整理書齋、插花、準備晚餐、閱讀、縫補、他回來了、購物、音樂、家庭會計等。

其中，「他回來了」作為一學習模塊，今天讀來可能頗令人發笑：

外面冷嗎？今天我給你燒了很好的西菜呢，你挺喜歡吃的東西。你猜猜看。

經過整天辛勞的工作，而極感了疲倦的他，快讓他寬舒地坐在爐旁的沙發上，並且不要忘掉把外套好好地刷乾淨，掛在衣架上。

……

今天女生看到，絕對要在公眾號上

中討大半年了。

好在這樣女人的人生，在都市裏似乎一去不復返，甚至在某些發達城市裏，有可能已經反轉了角色。

但插花、閱讀、音樂、「買買買」，女人本身所愛沒變多少。

而曾經的「家庭會計」身份，擱現在，男人更要被罵。

雖然我盡力節約了，但這個月依然是超過了預算。

「會計先生，你這樣幹下去不行啊。」他曾這麼微笑着說，真的，再讓我在各方面留意這些，不要再有浪費了。

這個月成績很好，雖然買了許多送禮的東西，仍舊多出五六元錢來，真快樂。照這樣下去，下個月的成績，定更會進步的。我們從此可以按月在銀行裏儲蓄了。

天吶，你賺得那麼少，還好意思要求我少「買買買」！現代女人可能要氣瘋了。

如今女人賺錢的能力，有可能大大超過了男人。

經濟自主了，錢這個東西直接把人變得豪氣。

這份豪氣，可以想買就買。

這份豪氣，可以直訴男人油膩。

這份豪氣，能勇於掀翻婚姻的主

動權。

這份豪氣，讓女生有了自己決定自己的權利。

有人說，這才是活出自信，活出了自我。

而我有時候，會覺得這其實透露出爭口氣、爭個輸贏的不甘心和不放鬆。

是的，當下女人生存的環境，比起當年自詡進步的《良友》年代，確實自由太多。

可是，眼下面對的無盡的工作煩惱、無窮的家庭瑣碎、令人焦慮的孩子教育，一樣沒少。

我們不一定非要活出法式優雅。

我們需要的是面對所有問題，不逃避、不憤懣，與問題共存，不把煩惱誇大自惱。有事去做，有問題想辦法去解決。

讓優雅的學習不再是壓力，不再是門功課。

因為，「拚命」，活不成「優雅」，「放下生活」的活法，也成就不了「優雅」。

08 — 高級臉必備短髮的潮與嘲

看過一張圖，「網紅臉」、「好嫁風」、「公主款」、「高級臉」、「王者」，從左到右，一字排開，以此遞進，論證了所謂「顏值」從低級到高級的進階級數。

既然得到盛傳，女人們其實都心照不宣，什麼才是真美人。

心目中，女人自有分級制。

而髮型，居然成了其中的重要指標，短髮直接成了獨立、知性的代表髮型。

所謂「高級臉」，必定配短髮。更不要說「王者」，直接就是男裝頭。

這套都市審美裏，只有短髮，把男人審美遠遠拋在一邊，分明說，女人的美，女人說了算——女人可不要楚楚動人，不要長髮飄飄，一切為男性而造的嬌媚百生樣子，就算美，可是對不起，不夠高級，請起開。

高級的定義和起步條件，就是獨立。

不以依附男人而活的女性獨立，恰好與這一頭利落的短髮不謀而合。

某年秋冬秀場，Tod's（托德斯）和Prada（普拉達）秀場模特，都是一把長髮剪個齊刷刷，甚至有演化成秀場「街髮」的趨勢。咱們若要湊這髮型的熱鬧，關鍵之關鍵，得染色，不然一不小心就變「大媽頭」。

歲次丁酉春陸梅畫

短髮變得超流行起來。不只一位朋友，在這個春暖花開的時候，剪去了長髮。

沒有哪種髮型可以與短髮歷經時代、承載功能之多相比。

妝容之中，總是髮型最先搶其他時尚之先。

如同唇膏現象、絲襪原理，每一次的短髮盛行，或摩登領先，或儀式上報復，或求得與她人一致，時勢造就，各中原因，紛呈複雜。

百年歷程，短髮又承擔了哪些角色呢？

一、洋氣摩登 BOB（波波）頭——20 世紀 20 年代糊裏糊塗成就東方 ICON（偶像）

標配的短劉海加黑色短直髮，極具東方意味，一度成為世紀初的摩登髮型。

究其原因，和旗袍的成因大體相同，以貧效貴，以女扮男，當初並非僅僅是為了美。

清廷鼎革前後，革命黨鼓吹剪髮易服，男女平權。男女平權最直接的表現就是女子男性化，革命派的烈女秋瑾，就是一個典型。

她明言：「在中國，通行着男子強女

子弱的觀念來壓迫婦女，我實在想具有男子那樣堅強意志，為此，我想首先把外形扮作男子，然後直到心靈變成男子。」

可是當時，更多女效男裝的乃是女伶與娼妓。她們總是被男人「壓着」，穿一陣男裝，也算得上一種儀式上的報復吧。

女伶扮男裝，在國民革命時期達到高潮。

當時舉行遊行，喊出「打倒軍閥，打倒列強，婦女解放萬歲」的竟然多是妓女。只不過在一些文章中，卻演繹成了女革命者。

「革命」與「共產」象徵的短髮開始遭殃，軍閥下令以「無髮即無法」理由禁止女子剪髮。最恐怖的是：

> 1927年秋冬之際，所謂西征軍到了，武人與當地豪紳見了剪髮女子，就疑她們是共產黨，對剪髮束胸的女子，肆意絞殺。
>
> ——《剪髮問題》，《北洋畫報》1926年第45期

甚至傳：孫（傳芳）聯帥來後，凡剪髮的女子都得殺頭。當時出於趕時髦或被迫「革命」的女子，則後悔莫及，「接髮無術，眼淚洗面」。

時代亂，時尚也亂。

若說回歸復古，「二次元們」定是不答應的。

右：這份《良友》封面的齊耳短直髮，清爽、純淨，令人眼前一亮

左：約 20 世紀 20 年代的舊相片中女性的短直髮

右：20 世紀 20 年代，關蕙農繪製的香港廣生行廣告中女子的 BOB 時尚短髮

左：1929 年香港廣生行廣告中女子的典型 BOB 時尚短髮

若知道這段歷史，想來也不是什麼都可歸納至時尚趨勢的。

而誰曾想光一個短髮，曾經竟是性命攸關的一件事，哪裏還來得及談什麼時尚。

二、青春之歌短髮——20 世紀 30 年代中期革命象徵

20 世紀 50 年代一部電影《青春之歌》無人不曉，「老戲骨」謝芳幾乎等同於她的主演角色「林道靜」：短髮、藍襖、白圍巾……知識女性參與「一二 · 九」抗日救亡運動，典型的革命婦女造型。

短髮成了時代之髮，短髮體現的是文明之頭、革命之髮。

在我成長階段中，小時候看的都是五六十年代拍的革命電影。

直髮短髮代表正氣，女人燙髮代表妖氣，光髮型的簡單分類就直接演化成好人壞人區別符號。

同理，如今流行短髮，又哪裏可以簡單地將女人分成低級和高級呢？

三、勞動女工短髮——20 世紀 50 年代不愛紅裝愛武裝

新中國成立後的三十年間，工農兵

女性形象才是唯一被認可的時代造型。又一次強調男女平等，就是和男的一樣，儘可能在打扮上無性別。

辛苦如我們的媽媽輩，在最美的青春光陰裏，從來沒有自我的選擇。有時候，「生活」就是穿戴什麼，或者說允許你穿戴些什麼。

四、高級臉短髮——一切的一切，為了滿足當下的欲望

今天，為了一個流行的傳播，各大傳媒、博主不遺餘力鼓吹新的名堂，光一個短髮，叫法層出不窮。齊腮短髮、內扣短髮、「s」形短髮、「綿羊燙」、「二次元」短髮……林林總總，疲於追新，讓人沒有喘氣的機會。

當下時尚說了一百遍，就算自己覺得未必合適自己，時間長了，也就不知不覺接受了。不加入其中，還真的覺得是自己落伍了呢。

> 常常，「流行」看起來似乎只是在女性的內部進行，然而，真正能夠翻手為雲、覆手為雨，令女性趨之若鶩的卻是時代那隻「看不見的手」啊。
>
> ——李子雲等人編著《百年中國女性形象》

梅
20180120

早有唐人詩歌《貧女》說：「誰愛風流高格調，共憐時世儉梳妝。」

說的是，大多人總喜歡時下正流行的東西，哪有多少人真的有空去品味格調和情調呢？

而偏偏時尚這麼個奇怪的東西，它存在的目的，竟然無非為了過時。

那麼，時代到底是進步了嗎？

09 明亮的星

我對窗戶是如此的迷戀，以至於我可以一遍又一遍、不厭其煩地看簡·坎皮恩（Jane Campion）執導的《明亮的星》（*Bright Star*）。

這是一部關於愛、關於錯過、關於18世紀末年輕詩人濟慈、關於注定沒有結局的悲情故事，片名來自濟慈寫給芬妮·布朗的一首情詩。

它可能有着史上最多的窗戶鏡頭特寫。

片頭伊始，女人坐在窗前一針一針地納的鏡頭，定下了整片的古典詩意基調，包括那迷人的只屬詩性的灰綠孔雀藍調。

窗前讀詩，永恆的美的畫面。

窗戶成了一幅幅畫框，思憶、折磨、懷念、期望，一一展露。

除了女人，誰能如癡如醉地去迷戀一扇窗戶？除了女人，誰又能了解一扇窗戶帶來的情懷意義？

我親愛的女士
我正愜意地臨窗而坐
眺望遠山如黛，碧海藍天
晨光和煦
我之所以能調適心情
享受此間生活
全因有你甜蜜的回憶相伴
你近乎殘忍
讓我無可自拔

將自由拱手相讓
曼妙如你　我欲訴衷腸卻一時語塞
再璀璨爛漫的字句都不足以形容
期冀你我化蝶　生命僅有三個夏日
有你相伴　三日的歡愉
也勝過五十年寂寥歲月

——濟慈

倚靠窗口，讀一首詩；躲在窗後，思念一個人；透過窗戶凝望，盼一個未來。

沒有什麼道具比窗戶更合適抒發無法企及的愛情，沒有什麼坎比越過心靈的羈絆更難，沒有人比女人更了解女人。

平淡的、點到即止的、含蓄的方式，將一段無果而終的愛情表現得如此清淡而美麗。英國的《泰晤士報》評論說「這是簡．坎皮恩到目前為止最令人滿意的作品」，儘管也有人因其毫無懸念的結局而並不以為然。

這就是一部女人拍給女人看的電影，如同二十年前的《廊橋遺夢》，女人們在影院淚流滿面哀哀欲絕，男人們卻被倆人沒完沒了的對話和毫無驚心動魄的高潮催入了眠。但卻並不影響它成為最富激情的經典愛情之一。

有趣的是，這部電影也提到了窗，女主角對羅伯特．金凱是這樣介紹廊橋的：「它叫羅斯曼橋，是屬另外一個人的，屬那個十幾歲的那不勒斯姑娘，那個探頭窗外，想着還沒有出現的遠方的戀人的姑娘。」

就這樣，窗，從懵懂的戀愛期，早已悄悄地嵌入了我的心懷。

身為女人，作為著名的「女性覺醒」的導演，簡・坎皮恩在她55歲的時候，選擇了詩人濟慈的這段短暫卻閃亮的故事，通過詩意的呼喚來表達現代人所遺忘的那種執着和情懷。

對於這位典型的但求曾經擁有的浪漫主義詩人，簡・坎皮恩是這樣處理的：因為身患肺結核病，濟慈不讓他最愛的芬妮再接近他，他每天坐在窗前，看着芬妮在院子裏玩耍，每天給芬妮寫信，儘管她就住在自己的隔壁……噢，近乎殘酷虐心的浪漫。

傳世的浪漫從來就是如此。25歲的濟慈因病去世，芬妮為愛執守了一輩子，悲劇式的浪漫故事則更令觀者銘心刻骨。

如此浪漫，落入生活，我們受得了嗎？

女人就是這樣，心底裏總認定愛情最終的相依相伴為完美。事實上，到如今這把年紀，終於能坦然接受窗裏窗外的夢想與現實，明了簡・坎皮恩的那扇窗含義。

令人飲淚微笑的是，世上若有唯一的永恆，卻不是愛情，亦非過往，而是對愛無所畏懼的激情和勇於承擔的力量，對充滿詩意的生命無比的敬意和信仰。

生命雖短，愛卻綿長，「璀璨之星，願我也能堅定如你」。

附：濟慈詩《明亮的星》

璀璨之星，願我能堅定如你
不是孤獨絢麗地高懸夜空
凝望着，恆久張開的眼眸
似大自然的堅忍不眠隱士
潮水行使其聖職
淨化洗禮環繞世俗的人性海岸
或者凝視輕柔飄落的新雪
落雪覆蓋山陵和荒野
不……
願我同樣堅定不移
枕在我美麗愛人的熟軟酥胸
永遠感受那溫柔起伏
永遠甦醒於甜蜜的不安
不斷、不斷傾聽她溫柔的氣息
如此活着……抑或在心醉中死去

2018.06.06

10 | 不負好時光

民國主題成新寵，大眾對旗袍的熱情高潮迭起。

2018年，杭州率先開啟「全球旗袍日」活動。

這下子，旗袍要給全球拋橄欖枝了。

不可否認，雖說旗袍出現不過百年，卻承擔起了中國傳統服飾的角色。

旗袍作為一段近代服飾，本一直存在。

有時候，我們分不清是因為傳統之美而喜歡，還是我們真喜歡，抑或是流行了才喜歡。

我們渴望找到東方神韻的表達。

一、那年花開　不流行傳統

曾經，我們並不知道傳統有什麼用。

用點民族元素，就配合起「民族的，就是世界的」口號。

二十多年前，我大學畢業後的第一場時裝秀，是參加廣州市首屆時裝大賽。

中式領、盤口、掐腰、黑白紅，外加快拖到地的一條長辮——所謂的幾個傳統元素，混搭出我理解的傳統文化，創意初衷當然是發揚傳統文化。

這組變異的中式系列，榮獲二等獎。算是我最早想表達對旗袍的理解。

而當時的世界是什麼？

世界是LV（路易威登），是PRADA（普拉達），是米蘭，是倫敦……廣州，改革開放前沿，幾大潮流中心一年兩季的流行資訊目不暇接，工廠熱氣騰騰的海外訂單好像永遠也做不完。

而傳統呢，幾乎等同於一個詞：老土。

洋氣或老土，成為衡量詞。

二、花開盡頭　陷入快時尚

還沒從世界經濟危機中緩過神來，「快時尚」颶風鋪天蓋地。

多變、高效、量產、變現，我們被推上了快速跑道。

流行之外的就是不流行，自然沒有人去關注。

還是張愛玲比較一針見血：

> 時裝的日新月異並不一定代表活潑的精神與新穎的思想。恰巧相反，它可以代表呆滯；由於其他活動範圍內的失敗，所有的創造力都流入衣服的區域裏去。
>
> ——張愛玲《更衣記》，1943年

旗袍因為不被需要、不被重視的解讀，淪入服務員等工種的工作服。

沒有哪個年代的服飾，如旗袍所受到的待遇，較之今天的熱捧，冰火兩重天。

三、願好時光　不再會被辜負

這幾年，產業轉型、消費升級，「快時尚」之累透支了消費審美。

一種服飾要融入當下思潮，審美還要和當今生活方式接洽。

民國便成為離當今最近，可被延展並賦予想像的年代，恰好落入了時代。

且不說我們到底對旗袍有多了解，光想像一下民國招貼海報上的美人之窈窕，民國名女人傳奇故事之多，愛情之多彩，就足以讓我們對旗袍的復甦一見鍾情。

至於到底是堅持完全傳統的手工旗袍，還是改良旗袍更好，這不重要。

我們渴望旗袍，或者這樣一種服飾，能承載起「工匠大時代」的需要。

據說某地新開了一家高端私房菜，專門營造新民國風，價格不菲。

旗袍究竟能走多遠，我無法預測，至少，希望旗袍不要再成為一種「快」時尚。

可貴的傳統能流傳至今，往往經歷了去粗存精、去繁留簡的過程。

留給我們今天的所有，都歷經滄桑。

20 世紀 30 年代魯迅那句「只有民族的，才是世界的」，我理解其背後的意義是：來自民族大眾的東西，必定經歷千百年提煉昇華，才具有生命力和持久

力，才能被世界認同。

我們渴望被認同。

而認真對待，深入挖掘，細水長流方長久。而不是僅僅是像我當年的時裝秀，僅僅為了走上舞台。

但願旗袍的重回流行，不再僅僅是個「網紅」故事。

願傳統旗袍之美，不再被辜負。

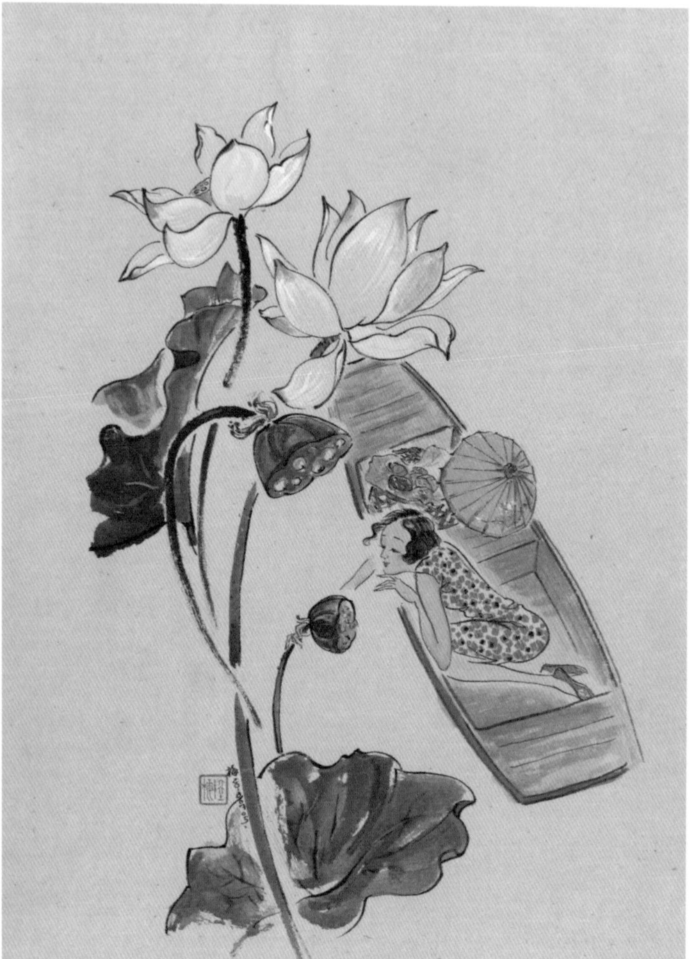

丁酉夏 陸梅

II 一 那一段「嫵媚」的平胸

時光之下的内衣

淫蕩嗎？不。風騷嗎？不。她們都有她們的驚人之處，就是「嫵媚」兩字。

關於新式內衣，1931 年的《玲瓏》雜誌是這樣推介的，見下頁圖片《明星的內衣》。

我們的印象總被 20 世紀 30 年代和 40 年代更女性化的穿旗袍的樣子佔據，要知道，平胸為美的時候，女人們也是很拚的。

以平胸加直筒為美的時期，從民國初期到之後的二十幾年，持續了好一長段時間，也曾是世界內衣史上很重要的一段演變。

當時的壯觀場面，記錄如下：「……上海女子——胸部都是平坦坦，像男子一樣。」

以平胸為美的審美標準流行之時，那就是最時髦的，那就是嫵媚的最佳樣子。

茅盾的短篇小說《創造》中的一段描寫，就是「嫵媚」的最好描述，女人們裙下都穿些什麼？

> 早上的太陽光透過東窗的薄紗，灑到桌上、椅上、床上，原本奶油色的傢具，鍍上了太陽光斑駁的黃金色，小資情調的女主人還沒有起床。
>
> 沙發榻上亂堆着一些女衣。天藍色沙丁綢旗袍，玄色綢的旗馬甲，白棉綫織的胸褡，還有緋色的褲管口和褲腰都用緊

明星的內衣

你看了這一幅圖，對這兩位艷麗的女星作何感想。淫蕩嗎。不。風騷嗎。不。她們都有她們的驚人之處。就是"嫵媚"兩字。這嫵媚還是天生的。可是這一黑一白的內衣卻幫助她們的嫵媚滋長了不少。這種內衣製法是很簡單的。料子是很經濟的。然而式樣確有十二分的妙處。穿了足以使女性固有的"體美"全部的透露。而保存她們應有的誘惑。從一一穿連褲帶褲的內衣上發生極大的效果。（美君）

▲內衣的式樣▼

第一卷 第二期

六六

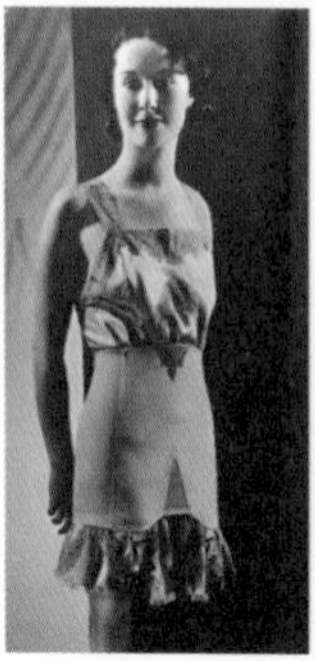

腰和臀，被緊緊束縛成一個筒

月份牌廣告畫中的女子形象

右圖：《綺思圖》，謝之光，20 世紀 20 年代

左圖：南洋兄弟煙草有限公司廣告畫

帶的短褲，都捲作一團……（女主人）還沒醒，兩頰緋紅，像要噴出血來。身上的夾被，早已撩在一邊，這位少婦現在是側着身子；只穿了一件羊毛織的長及膝彎的貼身背心，所以臂和腿都裸浴在晨氣中了，珠絡紗飾碎了的太陽光落在她的白腿上就像是些跳動的水珠。

性感一地的是：旗袍、長背心、馬甲、胸褡、有緊帶的短褲。

1. 過膝長背心

民國初年，女人們睡覺都穿過膝蓋的長背心。睡覺的長背心與後來的旗袍襯裙，是否是一個概念，有待考究。

2. 馬甲和胸褡

胸褡，是一種由「捆身子」內衣演變而來俗稱「小馬甲」的內衣。多半以絲織品為主，普通人家則用布。或者，在小馬甲的前片，綴有一批密紐，使用時將胸乳緊緊扣住。

總說西風東漸，女人總歸是最好奇的人群，只要是能達至當下美的標準，總能儘快地拿來。縛乳這事，女人嘗試起來的膽魄，比起西方有過之而無不及。

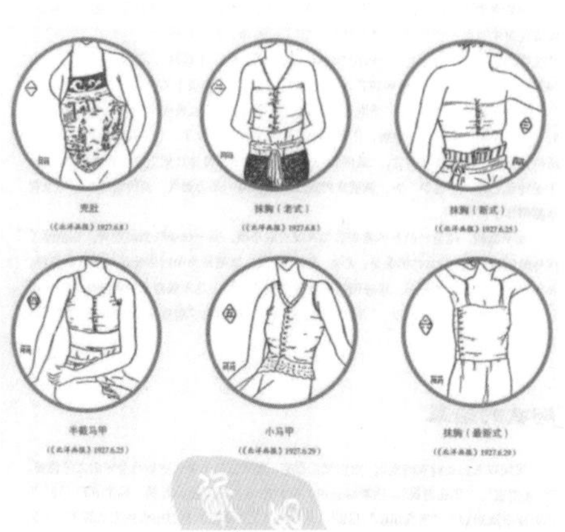

1927年的《北洋畫報》有圖例，展示了當時的小馬甲式胸褡

縛乳這事，在娼妓、姨太太、小姐和女學生中間都很流行，不過她們都是新好奇，加一個「新」字也不為過。

——吳明《為什麼要縛乳》，上海《民國日報》1920年4月15日

甚至嫌傳統抹胸不及西方的緊綳，比抹胸勒得更緊的小馬甲應運而生。

3. 緊身褡和連體衣，塑出直筒平板身

當時的歐洲國家，名堂比較多。眾所周知的西方「S」形沙漏身材，讓女人們吃盡了魚骨、金屬架的苦頭，不想回去。

可之後的解放，也未必是如你想像的真解放。

20 世紀 20 年代，長緊身胸衣把胯和大腿裹得緊緊的，把女人們包裹成一個筒狀。

這種長胸衣稱為 corselet，區別於之前的束胸 corset。

從 corset 解放出來的女子，又心甘情願地用 corselet 把自己重塑。

另外，當時還流行連身襯衣加襯褲。

褲襠配有細飾帶和紐扣，頗有點像現在嬰兒的連體衣，連身衣是當時女人的必備內衣。

1925 年，皮埃爾．西卡爾創作的

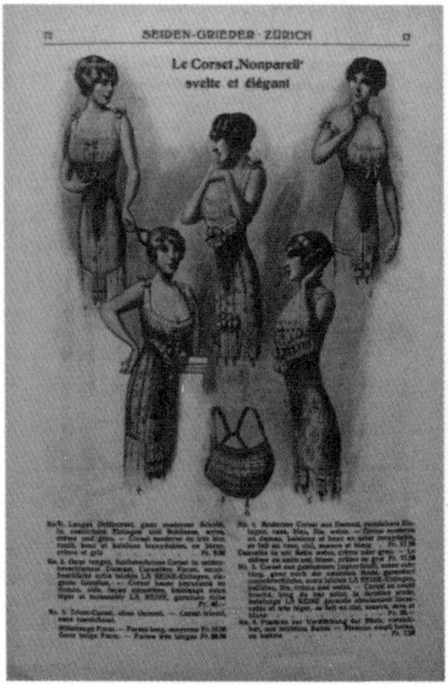

20 世紀 20 年代的長緊身胸衣

《皮加勒舞廳》，呈現出當時最鮮明的時尚特徵——彩色連身裙，裏面看起來似乎什麼都沒穿。

實際上，她們貼身穿着屬那個時代的全套隱形內衣：「連身衣＋緊身胸衣」或「緊身褡＋短襯褲＋長筒襪」，「假小子平板身材」正當時。

經過20世紀20年代末的「天乳運動」，平胸為美的時代過去了。而在「束胸」和「放胸」這件事上，從來不是簡單的過程。

20世紀30年代招貼畫中的女子，內衣着裝基本和國際接軌，常穿的就是黑白圖樣裏的內衣了。

阮玲玉是最早穿「義乳」的影星之一。「義乳」就是現在說的文胸。

據說，阮玲玉習慣將旗袍腰身改得細窄，以至於要吸口氣才能繫上扣子。要穿這麼窄身的旗袍，搭配上文胸，自然就「嫵媚」了。

女生現在動不動會說，我胸小，我平胸，要是回到那個年代就好了。

過去是回不去了。

可是，對於自身身材的不夠自信，對於把身材塑成當下流行的樣子，從來就沒放棄過各種折磨。

有意思的是，去年秋冬開始，類似緊身褡的玩意兒忽然又成為時尚博主的

右圖：皮埃爾・西卡爾創作的《皮加勒舞廳》

左圖：同時期流行的內衣圖

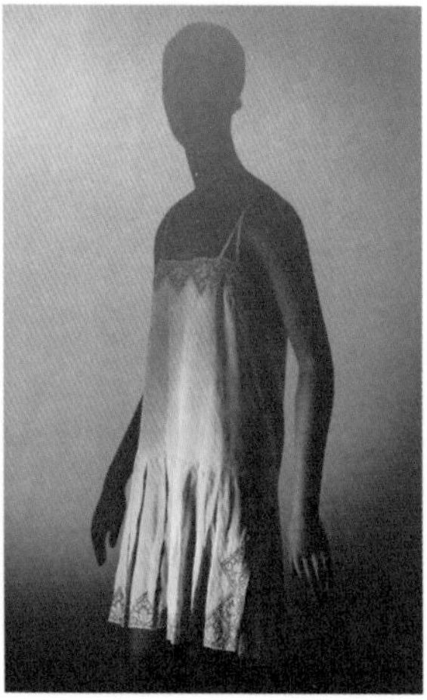

右圖：20 世紀 20 年代最流行的是連身襯衣 + 短襯褲，鑲嵌帶刺繡的蕾絲花邊，細吊帶，胯部有褶皺，大腿處開叉，褲襠扣紐扣

左圖：多里的素描——《美麗服飾》連身短襯裙，質地為中國縐紗，粉紅，飾有鏤空圖案

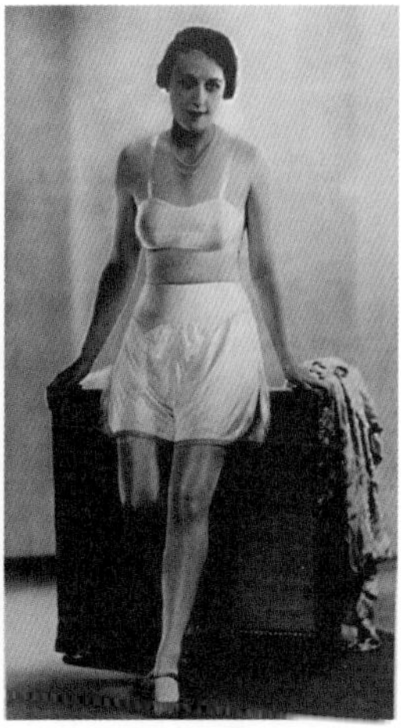

右圖：約1935年，戈薩德出品的文胸和配套短襯褲。圖為吊帶文胸和配套法式燈籠褲

左圖：澳門電燈有限公司招貼畫，1933年

阮玲玉着旗袍圖

心愛配件。緊身褡化成腰封，演繹在各種搭配上。

插播我曾見到的誇張而香艷的一幕，健身房，一位女孩「T」形背心下着緊身褡來運動。教練叫她除去腰封，姑娘現場解扣，把腰封從背心裏掏出來，教練的臉都羞紅了。

「健身+緊身褡」，對身體絕對敢下狠功夫啊。

身為女人，為了每一輪更迭的流行審美，付出的代價之大，勇氣驚人。

今天內衣的代代更迭，既要凸顯着內衣後的優雅，卻又羞於表達內衣的真實需求；既希望解放自我，但又不自覺常追隨當下潮流。內衣常常扮演的角色，何止是內衣的本身呢。

洪晃評論得一針見血，大致意思是：大家覺得時尚好玩，同時也比較膚淺，實際上這是一個與工業革命不可分割的歷史，是一個龐大的產業。

在這個產業環節裏，我們誰也離不開誰。

我們終歸喜歡是以「健康」或「時尚」的名義。

香港三聯書店 2022 年出版《霓裳・張愛玲》（增訂版）插圖

12 — 蕉葉千香 小團圓

思念親人，終歸是自顧自，寫給自己。

端午節前一天，就是爸爸生日。

兒時少年，哪會刻意去記父母生日呢。

每逢爸爸生日前幾天，奶奶總會喜滋滋地自言自語：「端午快啦，NA爸爸生日咧。」（NA，上海話，「你們」的統稱）

當然是說給我和弟弟的。

我搞不清農曆。

反正，端午前一天等於爸爸生日，就怎麼也忘不了了。

自然，包粽子成為奶奶最重要的一件事——泡豆子、磨豆沙、一隻隻捆紮、繁忙而重複。

一攤葉，一桌料，一爐頭，一家一大口，難不倒奶奶的一雙手。

粽葉裹好，末了，細棉繩一頭銜在牙間咬住，左手握粽，右手拉棉綫，繞幾繞，粽子就纏好了。

口味絕然不同於廣州粽子。

我喜歡的上海甜粽，醬油色糯米、濃紫紅豆沙，最後蘸滿白糖。

啊，四十多年了。味道幾乎記不得，只知道好吃。

端午終究不在寒暑假。小學之後，少能在端午時間全家團聚。

輕汗微微透碧紈 明朝端午
浴芳蘭
丁酉夏 陸梅

奶奶包的豆沙粽，幾乎就只存在記憶裏了。

爸爸居然會包粽子。

奶奶會燒的菜，爸爸都會，比如豆沙粽。

但那時候，沒有什麼端午假，也沒有這麼多節氣堆在微信上趕着過。

最熱鬧、最能展示廚藝的，往往都集中在過年那幾天。

豆沙粽沒有時間做，演化成了豆沙八寶飯。濃濃餡兒的豆沙八寶飯，成了過年最後一道最甜滋滋的享受。

爸爸走後，凡是有紀念各自父親的文章，我都不自覺地願意讀一讀。

讓我不安的是，很多人回憶自己的父親，都能細細道出其父親前前後後所做的事——去過的地方、參與的建設、遇過的人、朋友的評價等，大段大段的史料般記錄。

我對爸爸的工作，卻知之甚少。

爸爸的工作性質，更多停留在大學時候與爸爸的通信地址上：省+市+XXX研究所。這十三個字，週週月月、月月年年，寫得順手到地址能從鋼筆墨水裏流出來。

某年校慶回家，媽媽翻出我大學那幾年與家裏的通信。

竟然有過這麼厚厚一沓的家書，我

全然不記得了。

倍感新鮮，於是再讀。

無非瑣碎，皆是自尋煩惱，要麼是抱怨功課的無趣，要麼是發願上進沒結果的自責，我講得很多。

最後一句，大體都是「爸爸媽媽當心身體」一類無關痛癢的公式結尾。

好在最後那兩年，多回家了兩次。

一回家，爸爸再忙也儘量親自下廚。

他知道我愛吃他做的菜，一大早就把中午要燒的菜，在臨上班前擇好洗好。

我叫爸爸下館子，不想他辛苦。

他樂呵呵地說：「這不是辛苦，這就是生活嘛。」

記憶猶新。

年輕時候，總覺得爸爸媽媽生來就是老的。享受着愛，漫不經心，認為理所當然。

前幾年，我忽然想起什麼，問兒子：媽媽生日幾號？爸爸生日幾號？婆婆生日幾號？

兒子有些愕然，卡殼半天回答不上來。

這些日子，必須得記住。

這些家庭的小團圓題，值得常做練習。

那些單純的快樂
那些一碰就響的快樂
已經是一去不復返了
我現在的快樂是渾濁的
有時候還是苦中做樂
我想像得出，等我再老些
我自然還要笑
只怕是笑着笑着就笑出淚來

——海桑《那些單純的快樂》

丁酉春月
陸梅畫

13 — 用最快的速度經營慢生活

極度需要慢生活，這變得比什麼都急。

前兩年，我們渴望在鄉下找慢生活，想要一個院子。

那時，公眾號刷得最多的是「某某某」放棄高薪，逃離北上廣，棄城返鄉。

遠離城市霧霾，變現大城市一套房，可以在小山村待一輩子，照片上採菊東籬下，歲月靜好，重歸詩與遠方。

結果，沒多久，不少人又重返城市。

是啊，隨叫隨到的外賣，出門就能打車的便捷，「一機在手，萬事便捷」的都市生存模式，切換成鄉村生活模式，可不是發九宮格曬圖那麼簡單。

到底什麼是慢生活？

慢生活的說法，我們一點也不陌生。

正因為了現在什麼都比快，什麼都要爭，什麼都要搶，速度慢一點，機會就沒有了。

我們需要慢。

可是，處處都是提速的高速路，哪裏容得下你慢？

要慢下來，談何容易。

一團緊張。

那麼，就來點環境氣氛，來點象徵性的「慢生活」道具渲染，幫助自己「入鏡」慢狀態。

我理解中最早的「慢道具」，應該就

是咖啡了。

十多年前，那個白底墨綠圖樣咖啡杯，曾經絕對是造型必備。

三十塊一杯的咖啡，當年絕對是奢侈、高端的消費象徵。它的另一面就是用來體現慢生活。

如果此時，別人正在苦哈哈地上班，你卻窩在星巴克沙發裏喝咖啡。那咖啡，絕對不是簡單地只有提神這一功能。「奢侈、文藝、小資」這些字眼，最先冠在喜歡曬星巴克咖啡的人群上。

星巴克當道時，流行熱句是：「不是在星巴克，就是在去星巴克的路上」。

舒爾茨（星巴克董事長，有「星巴克之父」之稱）在他 2011 年寫的《一路向前》的書中，弄出「第三空間」概念——說家是人最初的「第一空間」，工作是人們彼此接觸的「第二空間」，那麼星巴克就提供一個「第三空間」，既是個人私密空間又可以與人在此聯絡感情。

於是，「第三空間」成為了熱門詞。

咖啡與慢生活，不知不覺劃上了等號。

慢空間模式人人皆知，「咖啡文化」風起雲湧，咖啡店遍地開花。

而如今，咖啡潮又陷入嚴重同質化而進入新一輪瓶頸期。

但星巴克始終獨佔鰲頭。

丙申仲夏 陸梅

把咖啡店經營成咖啡行業的品牌，就是另外一門學問了。

終於，到了中國文化崛起的風口。民宿大爆發。

我的不少朋友，「不是正在建民宿，就是在建民宿的路上」。

當然是好，終於可以花一些錢，在「重塑後」時尚的鄉下，聽琴吟經，過幾天「工作之外」的慢生活。

除了民宿，各類包含傳統文化元素的餐飲食肆也跟着大熱。

文化救世，有點兒任重道遠的味道。

商業模式不嫁接文化要素，還怎麼搞。

作為最近的「近水樓台」文化元素，「民國時代」被各行闖入。

據說武漢開了家民國風私廚，調性十足，服務生穿旗袍上菜。當然，也很貴。

做視覺策劃慣了，看到這一類跳脫的視覺場景，已滿目疲勞，我更關心的是能經營多久。

成都開了家廣式早茶酒樓，具有典型的廣州西關特徵。

相比上海蘇杭，廣州元素不太好操作，要時髦起來不容易。通常這樣的店不能先在本地試水，「食到精」的廣州人絕不會因為裝修而買賬，如果味道不行，分分鐘就拋棄你。

文化點綴、視覺提取，已成套路，風口之上，再不做就來不及了。

可是，文化從來是積澱，積澱最需要花費的就是時間。

前天去好友公司聊新季產品開發。

圍着新產品，我愛不釋手、好不興奮。

「這次選取元素，來自這些老繡片，開發整整一年多啊。」好友感慨。

經典元素演變之後的再設計，融合了這麼多細節，就算同行要抄也沒那麼容易。

在這個被「快」時尚碾壓的行業，誰能耗得起多幾倍的開發時間和成本？

也難怪他們現在的產品款款爆單。

好友說，有些東西，真的急不得。

有一次，偶像約畫。

當時手頭忙，估計近一段都沒狀態畫，猶豫半晌，勉強回復時間：「我儘量趕，XX時間交給你。」

心中不安。

偶像卻回復：「不要急。記住！任何時候，都不要打亂自己的節奏。」

金庸先生說：「我的性子很慢，不着急，做什麼事兒都是徐徐緩緩，最後也都做好了。」

自己這攤事，能做成什麼樣，我並

不知道。

但是，如果沒有慢下來的主動，沒有一個寧靜的狀態，肯定什麼都做不好。

14 烤麩、剁辣椒和五柳炸蛋

年紀輕些的時候，與人初初打交道，問及對方或被人探試最多的一句話，通常是：你是哪裏人？

相貌、口音、食好，不易改變，且與對方開啟同鄉認可模式，順水而至，彼此易添三分親熱。

有回去上海籍朋友家吃飯，素食餐，竟然有「四喜烤麩」。

我驚呼，「烤麩！太久沒吃了！」

朋友驚喜：上海人？

我嚼着烤麩點頭，老家是。

烤麩，地域性極強，絕不類同豆腐。

小時候那個缺肉的年代，醬油拌飯都已吃得奇香，不要說還有烤麩——海綿孔吸飽了紅燒五香醬汁，或者糖醋汁，或者只是醬油，是肉菜般的替代。

烤麩有可能是只有老上海人才吃的一種食物。

與上海人認同鄉，是有級別的。

剛工作時候去外企。最後一環是見人事總監。總監坐在對面，清瘦嚴肅，西服筆挺。一張嘴，口音熟悉，明顯不是廣東人，和爸爸的普通話類似，直覺親切。

我愣頭愣腦地興沖沖發問，「您是上海人吧？」

總監不予回答，依舊表情嚴肅。高度職業的氛圍，猛地讓我意識到隔在面前這張大班台巨型如牛，差點忘記自己是名入職小員工，實在沒輕沒重啊。

當然，我後來得知總監確實是上海人。

在廣州的上海人少之又少。

真正的上海人很少離開上海，要麼也必定是外出海外的。

我的上海話說得不靈光，出差回上海逛商場，也是要被打量的。

上海似乎總那麼高傲，與其他地方格格不入。連想要親近它的人，也要挑剔一番。

工作幾年後，我不再主動找尋老鄉了。

而與湖南人認同鄉，絕對有歸屬感。

我是湖南人。

「我的小學、中學在湖南讀的」被熱切地用來證明我的來源地。

其實，哪裏需要畫蛇添足。

同事裏湖南人不少。

中午聚在茶水間吃自帶午餐，總有同事隨身帶辣椒醬，確切說，是剁椒。

那會兒老乾媽還沒有盛行，辣椒醬都是自家做的——紅艷艷油晃晃，視覺味覺，強勁有力、香氣撲鼻。

能辣在一起的，就是戰友。

總之最後，我的人緣得到了肯定：湖南妹子，就是好咧——恰得苦，耐得

煩，霸得蠻。

可我承認，前面兩項能勝任，唯有「霸得蠻」我實在霸不來，似乎與我不相干。

如今，在廣州三十年了。

我當然是廣州人。

食在廣州，能吃到廣東「三個省」的各自美食。（廣東三個省定義：相比東北三省像一個省，廣東一個省因廣州本土、潮汕和客家的迥然不同而像三個省）

可是，我的粵菜最愛，居然是最不像粵菜的粵菜經典——「五柳炸蛋」。

剛來廣州求學時候，大排檔必點五柳炸蛋——一大筷子夾起泡泡鬆鬆的炸雞蛋，甜酸的、衝動的、好奇的味兒，白米飯可三碗並吞，真正與青春時代的好胃口相輔相成。

口味上估計與習慣上海菜的糖醋，還是有某種連接吧。

如今這道基礎款的菜，沒什麼提價的空間，基本已經絕跡於餐廳。

好在我自己也早會做了。

而此時此刻，經得住剁辣椒之辣的廣州人，怎麼會莫名其妙地想念起了烤麩呢？

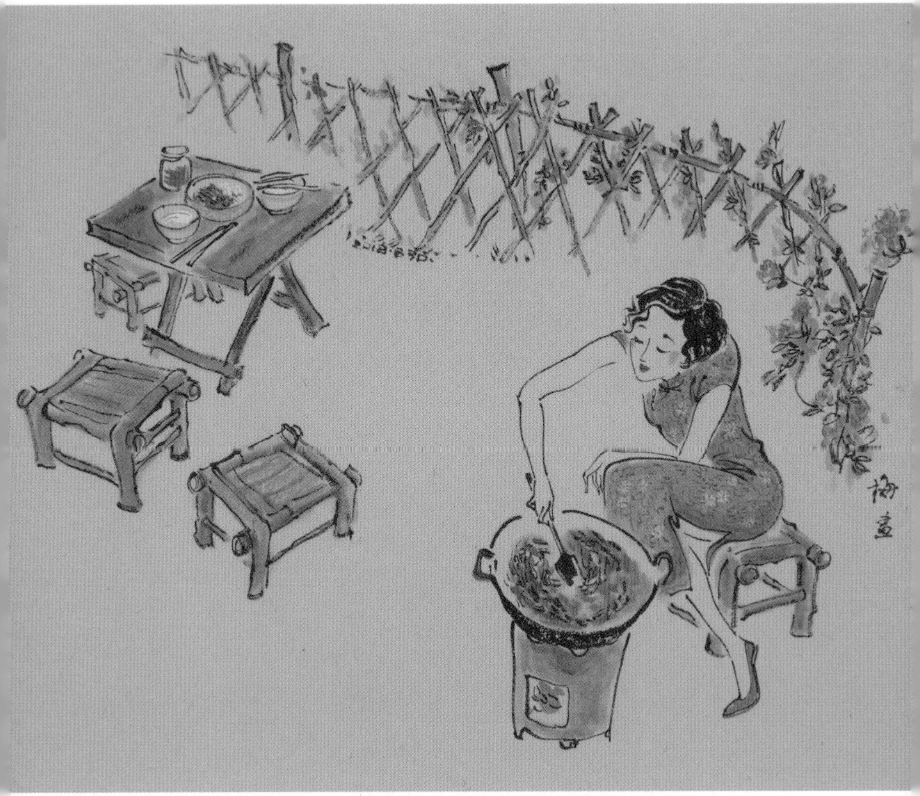

15 | 一團矛盾

電影裏常喜歡將一對姐妹或閨蜜貼上一好一壞的標籤，寓意我們人格的兩面性。

因為有兩面性，面對選擇便各有需求，無法融合，不得不背道而馳，電影把事有正反與好壞，直白、通俗地告訴給你。

記憶裏，謝晉導演早期的片子《舞台姐妹》講越劇人生，便是典型。正方人物春花，認認真真唱戲，清清白白做人，反方人物月紅，愛慕虛榮，迷失於燈紅酒綠。當然最後月紅醒悟，姐妹重歸於好，獲得解放和自由。

《舞台姐妹》小時候我至少看了三遍以上。老掉牙的片子，看過這片子的，得多老……

這麼黑白分明的價值觀，小時候卻看不懂，並不知道電影想表達什麼。「台上悲歡人常見，誰知台外尚有台」的哲學命題，得到老阿姨年紀了才模模糊糊明白。

這樣旗幟鮮明的方向，小朋友還會節外生枝冒出點不良念頭。當時不爭氣的我，喜歡變壞的妹妹，她扮的小生又帥，唱得又好聽。

我打小立場不穩定，判斷力不明晰，也搞不清楚為什麼。

1968 年的墨西哥片子《冷酷的心》

（*Corazón Salvaje*），還是姐妹，聖女妹妹阿依媚善良而低調，姐姐莫妮卡妖嬈自私。

不疊加多重人格就沒戲可看，劇情沒有幾重翻轉支撐不下去。

這部電影認知加深一檔了，正反方稍複雜了一些，看似野蠻的魔鬼胡安，實則暖男一個。

當時偏偏覺得壞姐姐莫妮卡長得真好看，願意多看幾遍電影看她。沒幾部電影的貧瘠年代，每看一遍回家後就畫一遍壞姐姐。

比起善良、溫順，原來冷艷、性感會更具誘惑和殺傷力。為什麼呢？

電影裏找尋出來的答案，生活並不適用。

現在的孩子們看《七月與安生》，還是一樣套路。

電影中苦心塑造的親密姐妹關係，無非藉指每個人心中常會產生的各種疑慮、困惑、執拗間的交戰。

簡單刻意地塑造一個放浪不羈、一個乖巧安穩的形象，即便安排倆女加一男的青春顏值，都有點味如嚼臘，嫌矛盾不夠衝突。

為什麼喜歡看更多衝突，更多矛盾？

而當下早已經沒有大惡大善的選擇

丙申秋月

題了，生活裏哪怕最簡單的一個問題，都有可能有着南轅北轍、五花八門的看法和選擇。

現在當然不流行好壞的唯一標準了。所以《奇葩說》能延續到瘋狂第四季，單身媽媽、職場上位、開放式婚姻……一個問題辯來辯去，誰對？誰錯？誰有理？誰無賴？到底怎麼選擇？

為什麼大家那麼願意看？

突然想起林語堂回答朋友那個古老的問題：「林語堂，你是誰？」他回答說：「我也不知道他是誰，只有上帝知道。」

又有一次，他說：「我只是一團矛盾而已，但是我以自我矛盾為樂。」

哦，有可能，我們未必善於解決矛盾，而是樂在製造矛盾咧。

籜龍已過頭番笋
木筆猶開第一花
嘆息老來交舊盡
睡來誰共午甌茶
丁酉立夏
陸梅畫

16 — 何必歲月靜好，你本風韻猶存

到了我們這個年歲，「歲月靜好」似乎成了衡量生活狀態理想的唯一標準。這代表了歷經鉛華，表示對平安寧靜的嚮往。喝喝茶，插插花，寫寫字，偶爾烘焙，彷彿無欲無求，已然昇華。事實果真如此嗎？

只因為現實生活中的各類「大媽」行為令人匪夷所思，避之不及。

一段時間，頻頻被轉發的各類「河東獅吼式」的「大媽」視頻，還見得少嗎？

不願意被歸類為「大媽」的我們，願突出另一種生活方式——歲月靜好。人到中年，女人還求個啥？現世安穩，不折騰、莫鬧騰。

自古好女人標籤不外乎「溫柔賢惠」，「歲月靜好」。

然而，女人永遠是矛盾體。我們無一例外，都期盼成為有魅力的女人。

那魅力，到底是指什麼？

經過些感情，體會過婚姻，身為母親而激發出強大的生存力。

自己的事情自己說了算，敢於面對年齡，接受自己。

年齡增長給閱歷帶來的好處，斷不是盈盈年輕女生能體會的。

風韻猶存之狀態，我想，其實是這個階段最好的樣子。

一、風韻之霸氣：「昨日文小姐，今日武將軍」

論風韻猶存的極致範本，當屬丁玲。人到中年不可避免的發福，一樣呈現在丁女士身上。你大概不會說丁玲漂亮。

今人大多津津樂道於她的「桃花運」和四段非比尋常的感情。

她與比她小一歲的編輯胡也頻及後來的詩人馮雪峰，曾經三人同居。

儘管後來沒有在一起，馮雪峰也沒說過丁玲的半點不好。

丁玲說：「我知道，你那樣講，是為了維護我！」

而當時更令整個延安轟動的，是38歲的丁玲主動追求小她13歲的下屬陳明。

工作中，天性敏感的丁玲喜歡上了陳明。

陳明偶然提到：「主任，你也該找個終身伴侶了吧？」

丁玲立刻說：「你看我們兩個怎麼樣？」

這讓25歲已婚的陳明無比糾結。他在日記中寫到：「我要儘早結束這樣的感情。」

可是他內心又無法克制對丁玲的愛

慕，他把日記給丁玲看，丁玲反問：「我們的感情還沒開始，何來結束？」

光從相片上看，你看不到倆人的般配之處，可是這段最不被人看好的婚姻，卻一直走到最後。這一對老夫妻晚年的燦爛笑容，相濡以沫、苦盡甘來的自在開懷，勝過多少物質財富。

當今的評論者說她是「飛蛾撲火」的一生，為什麼要用「犧牲」的角度來形容呢？那份愛和相互支撐的精神，哪裏是要求門當戶對、按部就班的世人能體會的呢？

倆人曾相互約定：「一不准死，二不准瘋」。他們愣是靠著這樣一份感情撐過來了。

我想說的是，丁玲之所以有著如此獨特的魔力，大概是因為對生命轟轟烈烈追求的激情，無論文學還是感情，誰能抗拒生命之火的力量呢？

這何嘗不是成熟女子風韻的魅力？

二、永不放棄追求愛情：「別說自己老了」

另一位同樣對生活有著熱情的女人，叫黃宗英，她一生同樣歷經了四段愛情。

17 歲與一位音樂指揮結婚，婚後 18

天丈夫因心臟病發作去世。

21 歲與欣賞、憐愛她的社長程述堯結為伉儷。還是大女孩子的黃宗英，並不懂愛情，更多的是在比她大 9 歲的程述堯這裏療傷。

再之後，她遇到大她 10 歲風度翩翩的趙丹。趙丹對已婚的黃宗英陷入無法自拔之境，向黃宗英的表白直截了當：「你應該是我的妻子！」

68 歲時，黃宗英收穫了人生中第四次愛情——80 歲的作家馮亦代為黃宗英傾倒。僅一年時間，他們寫給對方的信就超過了 50 萬字。92 歲的馮先生的最後一封情書：

可是我又得去檢查，雖然只有兩個星期，那總是不在一塊兒的……我所希望實現的，是永遠永遠不分離，總在一塊兒，這是以後的日子必須做到的。這是我的想法，而且必須做到。從現實講，我是十二萬分的愛你，比愛自己更多。你是我所見的唯一的天才。天才與瘋狂本來是一根弦兩個面，不能嚴格分別，這是總難以分割，有一時是天才，有一時看是瘋狂，問題不在你本人，問題在第三者不知的人要誤解，而我看你的正是這個。有人說你處世瘋狂，而我看來卻是你的本色。天才就是這樣的，但是凡人就看不慣。

幾經喪夫之痛，黃宗英依舊能坦然面對自己的感情。

晚年的黃宗英，堅持彈鋼琴、跳舞、練書法，甚至還學英語。她曾經寫下一首小詩《別說自己老了》：「別說自己老了，別說自己老了，根本別去想我是老還是不老……」

如此人生，生命的活力使「她像一團火，火熱而善良、善良而天真、天真而執著……」

三、忘年戀，令人肅然起敬

歲歲年年，從28歲到46歲，你見到的忘年戀中的翁帆，有著愈發煥然的堅定和自若。面對猜忌和圍觀，她做了選擇，並勇於面對。

楊振寧90歲生日時表示，青春並不只和年紀有關，也和精神有關。換過來，風韻猶存的女人不也一樣？少有媒體能挖掘這樣關於女性內心的報導。

翁帆曾在《鏘鏘三人行》中簡短評價丈夫：人人認為楊先生為人很「精」，這與我所認識的楊先生的為人處事態度完全相反。

看看翁帆給丈夫的情詩：

嚴冬，此處冷，彼處寒。枯葉凋零，君屬何人？君面憂鬱，含淚而笑。喃喃自語，難言再見。我心沉落，淚湧似濤。

折取一枝城裏去教人知道是春深

不得不對這位成熟的女性，肅然起敬。

普通人太習慣將旁人的生活作為參照了。

看看別的同齡女人，對照自己的生活——嫁了什麼樣的老公、老公賺多少錢、她們的婚姻如何、到底是不是真愛……

反觀上述少有的魅力女人，她們敢於做出「駭人聽聞」的舉動——不按世俗範本生存，相信自己的判斷、自己的選擇，不後悔、不比較。

自然，這樣的女人是不多的。也因

如此，她們人生的魅力才顯得更加「傳奇」。

可是，記住，我們並不是為傳奇而活，我們只為自己一生負責。

過來人的閱歷和見識，不會成為羈絆，讓獨立生活的能力和勇於追求的熱情，成為你風風火火的風韻、風致和風度。

別再強裝歲月靜好，你本風韻猶存。

不容霜节老之霞
一枝相时吐清香
柏
己亥春

17 — 擼清民國旗袍

廣東省博物館「百年時尚」香港長衫展17號開展了，好久沒有一個展覽讓我如此渴望去看。

想到旗袍，容易聯想到的常是緊裹身體、曲綫窈窕的旗袍樣子。可是，香港將旗袍稱之為「長衫」，反而點出了旗袍最原本的樣子。

說到旗袍，有兩點容易搞暈——一是民國年份，二是旗袍變化太多分不清時期。

旗袍盛行的年代，長度忽長忽短，袖子忽窄忽寬，變來變去，真的很讓人眼花繚亂。

年代換算方法：

1912年1月1日始稱中華民國，也即民國元年。

計算時用1911加減。比如：1937年就是1937-1911=26，即民國二十六年。

為簡單了解長衫基本形態，我把20世紀20年代、30年代變化最多的時期，做了張年軸簡圖，特意標上民國年份。

因時間匆忙，此次並未做髮型、化妝，圖案等等流行全案，僅作為簡單區分旗袍基本特性用，無法詳盡。

為什麼沒畫40年代？因為40年代之後，旗袍變化沒有那麼複雜；新中國成立之後，旗袍基本消失於內地，也只有在香港持續了十多年。之後，旗袍僅成為選美的一款服飾。

今天，傳統文化被發掘與復興，旗袍重回女人們的衣櫥。論風情萬種，怎麼能少得了一件旗袍呢？

20 世紀 20 年代

平直　寬身　倒大袖

一部旗袍史，離不開長了短，短了長，長了又短，這張伸縮表也和交易所的統計圖相去不遠，怎樣才算時髦呢？連美術家也要搔首問天，不知所答的。

——曹聚仁

① 1922 年，上海女子流行燙髮

② 初興旗袍類似男子長袍

③ 1919 年「五四」運動後，前衛女學生開始穿長袍

① 1915年，流行曳地長裙，不勝其苦。

長得腳拖背，走一步還得把衣服提起一些。即整天鬧着無事的小姐們，也不勝其苦。

——《申報》1946年10月7日特稿《上海婦女服裝滄桑史》

這種苦楚隨着「五四」運動的到來，終於有了改觀。1919年間，旗袍已上升到膝踝下，比之五年前，短了七八寸，袖口也隨之縮小。

① 典型平直，寬身、倒大袖

十六年國民政府在南京成立，女子的旗袍，跟了政治上的改變而發生大變，當時女子雖想提高旗袍的高度，但是先用蝴蝶褶的衣邊和袖邊來掩飾她們的真意。十七年，革命成功，全國統一，於是旗袍進入了新階段。高度適中，極便行走。

——《旗袍的旋律》

① 旗袍高度甚至提高到膝蓋以上。

「無論冬夏，膝蓋以下是一雙粉紅絲襪，這是民國十七八年的事。」

這種新改變的旗袍，穿起來可說時髦極了，美麗極了！可是一雙肥滿而圓潤的大腿，暴露在冷冽的天氣之中，僅裹着一層薄薄的絲襪，便能抵禦寒氣的侵襲麼？

——葉家弗《女子的服裝》上海《民國日報》1928 年 11 月 20 日

為了美，女子們的膽量從來是突破季節、穿越四季的。

① 高度適中，便於行走，小腿成視覺焦點

② 袖口變短縮小

1929 年，國民政府將旗袍列為禮服。規定女子禮服的袖長過肘與手脈之中點，雖有規定，民間無視。大多數女子「衣袖很短，不過到臂彎為止」。

20 世紀 30 年代　黃金時代

窄身　修長　融西方

20 世紀 30 年代是旗袍最具風情的時期，也是旗袍的鼎盛時期，旗袍成為日常服裝的主流。

① 高跟鞋流行

② 旗袍內有蕾絲邊

③ 旗袍長度腳踝下

④ 衣領提高

衣領又高了起來，往年的元寶領的優點在它的適宜角度，斜斜地切過兩腮，不是瓜子臉也變成了瓜子臉，這一次的高領確是圓筒式的，緊抵着下頷，肌肉尚未鬆弛的姑娘們也成了雙下巴。

——張愛玲《更衣記》

可見，以「網紅」瓜子臉型為美的審美標準，一直沒變過。

① 講究料子的獨一無二，圖案不是染上去而是織出來

② 流行套裝

③ 衣袖縮短

① 旗袍花邊大興

旗袍已放長到腳踝二寸左右，同時在袖口和袍腳滾花邊。上海的交際花甚至在整件旗袍的四周滾上一圈花邊，乃是時髦的款式。

——《良友》1940年150期

① 鞋跟愈來愈高

② 流行不穿絲襪

袖口愈短愈佳。鞋跟愈高愈妙。

——《新天津畫報》1933 年

到了 1933 年的天津，不穿絲襪，竟被推為「最摩登者」。

——《北洋畫報》1933 年第 614 期

① 袍長至腳背

衣袖高高齊肘，飄飄七寸寬。偶然伸玉臂，兩腋任郎看。

——《夏日時裝婦女五言吟》

誘惑的名堂，可見多妙。

① 盛行旗袍掃地

② 旗袍長與高跟鞋的流行分不開

從開衩處隱約露出時隱時現的穿高跟鞋

的足踝和緊裹小腿的絲襪，煞是誘人。

——《上海婦女服裝滄桑史》，《申報》，1946年

① 開衩提高一寸多

② 袖子回縮

袖子短化的另一個理由，透着一層「經濟上的悲哀」：據說現在流行的印度綢之類，門面不過市尺一尺四寸，所以身段較小的婦女們，剛剛可以裁製長旗袍一襲，如果要袖管較長，就限於尺寸，非買雙幅不可；在這大家不景氣的時代，還是省省吧！

——太冷《奇裝異服的影響》

所謂流行，除了貪新戀舊的女人本性，從來離不開經濟使然啊。

① 民國二十七年，袖子全部取消

① 流行短旗袍，開衩降低

20 世紀 40 年代後，裙子長度基本穩定。因為戰爭、經濟等因素，旗袍本身的變化性遠遠不如 30 年代，就不再做圖例。

40 年代旗袍的部分風采，可參考我的 15 米長卷《且慢—民國西關風情美女圖》的最後部分（長卷繪製 20 年代、30 年代、40 年代美女），繪畫創作，非做史論研究用。

長卷《且慢—民國西關風情美女圖》局部

18 穿旗袍那些事兒

以旗袍女性為繪畫題材的我，被問得最多的問題，常常是——你怎麼看待旗袍？你覺得穿旗袍要注意些什麼？

這幾年，旗袍一下被提升到了新高度，被賦予了文化傳承的意義和文化底蘊，是文化體現的最佳代表，甚至被說成承載了中華民族五千年的輝煌……優雅、端莊、賢淑、東方魅力等等詞彙，一股腦兒用在穿旗袍的女子身上。旗袍被端到一個過高的位置，一不小心，穿着上就容易拿捏不好分寸。

雖然我畫旗袍多，但平素喜着便裝，因為一穿旗袍正裝就感覺老十歲。

有意思的是，每當一聊到旗袍，不可避免就會搬出電影《花樣年華》中張曼玉穿的旗袍，要麼就是民國那幾位才女的旗袍照，不自覺地，大家都以那個為現在旗袍美的標準。可是，一個是服務於電影的服飾設計，一個是過去時代真實的穿着，我們應該參照哪個理解旗袍，應該怎麼穿旗袍呢？

一、旗袍並非《花樣年華》

《花樣年華》裏的旗袍之美被引用過度，而人們忽視了電影的背景是 20 世紀 60 年代的中國香港。

60 年代的旗袍、所謂的民國旗袍和現在的流行旗袍，完全不同。

這幅著名的着旗袍女子背影圖，是典型的香港 60 年代的旗袍款式，也是《花樣年華》服飾的主要背景年代，改良旗袍由此發展或演繹，更符合當下社會穿着環境。

是美術指導和服裝設計高手張叔平，挖掘出了「旗袍」這個元素的極致魅力。人人稱讚他的設計將人心目中的完美女性和旗袍做了最佳接連。可是，他說當初設計人物蘇麗珍時，並非是要將她設計成為那種「優雅」的女人。

柳發新芽二月風天高雲淡望飛鴻人有意鳥無踪一堤春色接長空
陸柏畫

概括而言，我要的是一種俗氣難耐的不漂亮，結果卻人人說漂亮。以前的上海人愛面子，不管家境多不好，出去見人總要風風光光，蘇麗珍應該是這樣，梳好頭、化好妝、穿好衣，完全是一個打扮俗艷的女人。

——張叔平回憶《花樣年華》人物造型

十多年前那會兒，對於旗袍美沒啥標準，突然出現數十套花花綠綠的旗袍，又由「衣服架子」張曼玉穿着，不知不覺，《花樣年華》裏的旗袍樣式儼然成了旗袍美的標準。電影如此成功，觀眾甚至都沒在意女主角的名字，卻掀起了「張曼玉絕美式旗袍」的風潮。

而這個「絕美」的背後，領型是這個「絕美式」旗袍的關鍵元素之首。為了讓視覺效果達至最佳，設計一寸七（約五六厘米）的尼龍襯料高領，卡住脖子，才襯托得出穿着者高挑的氣質。旗袍在「紙片人」張曼玉身上縮了又縮，使人幾乎毫無行動空間。

日常哪裏可能這樣呢？這便有了矛盾。

我們普通人穿旗袍，無法裹到貼身、貼地，不是越修身越好，照着《花樣年華》的模式搬，有可能我們就真成了角色「蘇麗珍」，而達不到「優雅」。旗袍合體不緊繃，方便日常活動為最佳。

二、旗袍無法複刻民國時代

人們對於旗袍最美好的想像，大多來源於當年的經典黑白電影和招貼畫，還有那幾位才女着旗袍的相片，我們會不自覺產生一種錯覺——穿了旗袍，就彷彿回到了民國時期。

穿旗袍聚會，有時成了尤其是我等輩分的人聚會着裝選擇之一，形形色色、姹紫嫣紅的旗袍樣式集中呈現，有時候頗為「辣眼睛」，原因是什麼呢？

我們離開旗袍時代太久了，人約六十年。對於旗袍穿着的陌生，與二十、三十年前，我們瘋狂地模仿明星、追求流行服飾、瘋狂地將品牌穿滿一身而穿得不到位，是一樣的。

旗袍穿着，同樣與審美的成長相關。如果我們僅僅是照著被標籤化的旗袍美標準，擺擺托腮、喝茶、賞花的姿勢，如果我們急於速成所謂的「旗袍禮儀」，如果旗袍沒有和生活方式協調，就容易彆扭。穿旗袍不必複刻成民國生活。

三、旗袍的現代時尚搭

厭倦了流行服飾的「快」時尚後，市場終於迎來旗袍品類的復甦。

然而，正因對前面提到的那兩個因

素的認知，造成了人們對旗袍設計的糾結。設計者僅僅提煉了旗袍幾個要素，就一擁而上，遍地開花的旗袍市場顯得單一、個性弱、雷同多。

因此，旗袍時尚化、年輕化、日常化，正當時。

比如我個人因為骨骼相對偏大，受限於梨形身型，通常不穿過於柔軟的類似真絲料的材質，也不習慣過於艷麗的大小印花，更青睞牛仔面料的和有質感的西服料，或外搭牛仔或西服外套。

配飾上，避免太過民國味兒、公主味兒的手袋，尤其避開旗袍配珍珠項鏈的固定搭配。有時候，藉助穿着和飾物搭配，減弱民國味兒，增加時尚感。總之，混搭最好。

中國香港長衫薈會長Anita的日常旗袍便裝和流行首飾的搭配，十分時尚。

不得不說，在旗袍時尚化這方面，中國香港的一部分旗袍堅持者的一番探索，不失為可借鑒的參考。

當然，旗袍的設計與搭配穿着是個一時講不完的話題，以後有時間再繼續聊吧。

山無名来亦無主有茶一盞便丈夫放下平生要緊事坐着呆呆享清福
歲次己亥初夏 陸梅畫

19 — 生命是時時刻刻不知如何是好

幾段句子，幾幅畫，幾樁事情，費腦想。

瀝瀝夜雨，令人困倦犯迷糊：是給時間以生命，抑或給生命以時光？

唉。

生命是什麼呢？

生命是時時刻刻不知如何是好

——木心。

春分裏，假裝虛度時光。

花開了，就像睡醒了似的。
鳥飛了，就像在天上逛似的。
蟲子叫了，就像蟲子在說話似的。

要做什麼，就做什麼。

——蕭紅

我行過許多地方的橋，
看過許多次數的雲，
喝過許多種類的酒，
卻只愛過一個正當最好年齡的人。

——沈從文

我們曾如此渴望命運的波瀾，
到最後才發現，
人生最曼妙的風景，
竟是內心的淡定與從容。

——楊絳

不亂於心，不困於情。
不畏將來，不念過往。
如此，安好。

——豐子愷

原是今生今世已惘然，
山河歲月空惆悵，
而我，終將是要等着你的。

——胡蘭成

幸福：一是睡在家的床上。
二是吃父母做的飯菜。
三是聽愛人給你說情話。
四是跟孩子做游戲。

——林語堂

我夜坐聽風，晝眠聽雨，
悟得月如何缺，天如何老。

——戴望舒

催花風雨弄陰晴，似多情，似無情。
廿四番風，換盡最分明。
更換鳴禽如過客，先燕燕，後鶯鶯。
浮生同此轉飈輪，是微塵，戀紅塵。
如夢鶯花，添個夢中人。
霎春痕如夢影，休苦苦，喚真真。

——呂碧城

凡永恆偉大的愛，都要絕望一次，消失一次，一度死，才會重獲愛，重新知道生命的價值。

——木心

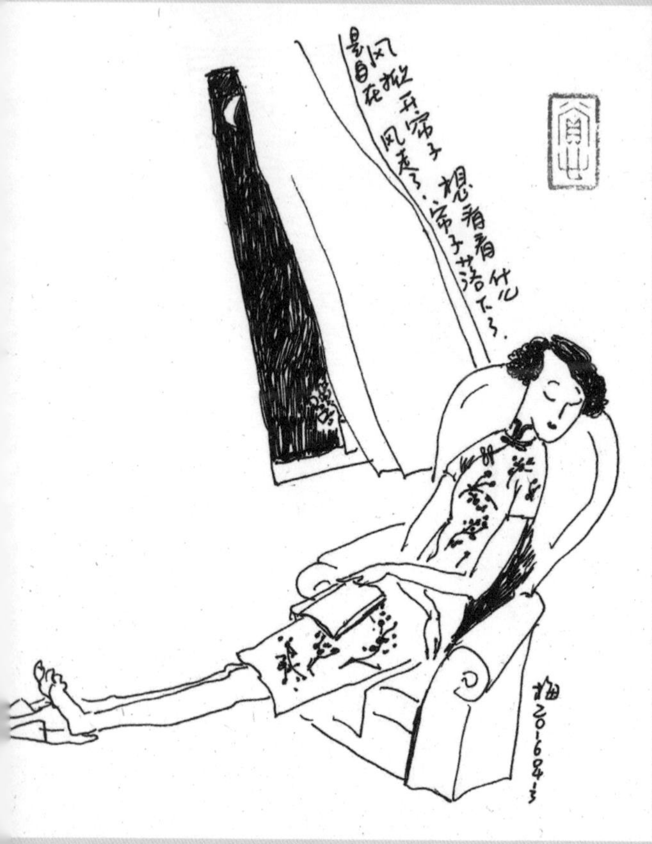

20 | 活在一張白紙上

日子太快，還有倆月就年底，去年此時仍歷歷在目。今年怎麼過得特別快？

或者是，沒有完成什麼大事吧。

1928年的今天，世界經濟危機爆發。

也沒什麼，地球還在。

行業大體差不多，早年瘋狂發展，透支過快，都需要重新培了土再發芽的。回歸最後，也還是產品—研發—研發—產品，而不是慌慌張張亂吆喝。

時間是越來越不夠用了。越忙，越喜歡塗兩筆。

佟最了解我，在我新書裏做序：

> 畫畫對於她，真的不是一粥一米的思量，那是一架從雲中探來的雲梯，把她從生活的泥沼裏拔將出來……

畫畫，是我的氧氣袋，是我的時間遺忘器。

和堂空一的詩常又把我連接向了雲端。那時候，時間就會不由自主慢下來，事情可以一件一件更好地做好。

稍安，一切都是剛剛好。

以下文字，節選於和堂空一《稍安》集：

> 活在一張白紙上
>
> ……

心若定氣歛閑春来春去莫須嘆算来算亦不如意只作尋常之眼看
陸梅画

我最喜歡做的事便是重複。譬如：重複地被晨雀喚醒、日日對着遠山的松林刷牙、熱的時候在林蔭裏看青苔、冷的時候燃一團火。我對喝茶的興趣已經不大了，塵世間太多的幸福需要一杯茶來偽裝，水雲間只有渴不渴，燙不燙，沒有茶。

我種在檐下的薄荷已經長瘋了，一些事情只要摔破了過往，扎根在沒有圈子與界限的地方，自然會崢嶸蓬勃。

我用手指劃過薄荷的葉子，指間有清涼，聞一聞，和當初在花市中相逢一樣。不一樣的，當初澆水求人，如今得潤於天。

我無聊時，在別無山房外挖了一方足形的小池塘，種了一些睡蓮。

去年花開時，我下了山。

不知他們開得寂寞否？

花是開給花看的。

我也寫一些類似詩的東西，我更喜歡稱他們為說話。舊體詩因為平仄與合律的關係，我始終有一臂之距，新詩我只當做日記來寫，不以為詩。

有朋友見到我會背誦我的句子，我很納悶，就好像他們寫的一樣，我卻記得那麼依稀。

畫畫兒便純粹是業障，丟也丟不掉，童蒙之際邊癡迷，讀書的時候幾近癲狂。如今好像更閒，畫畫便成了消磨時光。

中國的水墨畫年輕人喜歡得少，這是相比於漫畫、水粉、水彩一類而言的。中國書畫藝術是寂寞之道，有時窮其一生也入不了門徑，況龍魚混雜，明師難值，普及起來不易。

我一向認為畫如果不是給自己洗塵，便是污濁世界。

我儘可能保持畫畫就和澆花、掃地、搬石頭一個樣。有舒有急，有愉悅有脾氣，有清淡有濃郁、有好有壞、有不安分的假意以及遮掩不去的真心。

我有時覺得現實太吵或者我太吵，就想活到一張白淨的紙上。

自己堆山種竹築庵引泉呼雲招鶴對月觀梅。累了坐，蒲團正好，醒了行，滕杖知足。

值半夢半醒，逢花落花開。

21 一別兩寬 各生歡喜

陳丹青在《局部》第二季裏，提到黑白照的好看，用了四個字：鄭重其事。

那種好看，有種神秘的理由，就是黑白。還有個更具體的理由，就是鄭重其事。

四個字，一字一句。

在瞬間變化萬千的時下，彷彿突然成了一檔暫停鍵。

盯着這些黑白婚紗照，我常會發愣——不過都是年輕人，不過是結婚照，可是，這讓我不由自主會對「結婚」這件事心生敬意。

對着黑黝黝莫名的鏡頭，惶恐稍有不當照不好的擔心，有一些畏懼、一些期待，或許更多是不知所措……

結婚，當然是件大事。

那會兒的結婚證書上的題字，也真是好看，鄭重其事，各不相同。

比如：

兩姓聯姻，一堂締約，良緣永結，匹配同稱。看此日桃花灼灼，宜室宜家，卜他年瓜瓞綿綿，爾昌爾熾。謹以白頭之約，書向鴻箋，好將紅葉之盟，載明鴛譜。

禮同掌判，合二姓以嘉姻，詩詠宜家，敦百年之靜好，此證。

喜今日赤繩繫定，珠聯璧合。卜他年白

頭永偕，桂馥蘭馨。

從茲締結良緣，訂成加偶，赤繩早繫，白首永偕，花好月圓，欣燕而之，將泳海枯石爛，指鴛侶而先盟，謹訂此約。

讀來，都是歡天喜地的心情，擱在年輕的人們身上，都是一樣的。

不知道當時結婚證是統一印刷，還是可以定製的。

教育家陶行知先生的結婚證書，簡直是情書告白，公而告知印在結婚證書上：

天也歡喜，地也歡喜，人也歡喜。歡喜我遇到了我，我遇到了你。當時是你心裏有了一個我，我心裏有了一個你。從今後是朝朝暮暮在一起，地久天長，同心比翼，相敬相愛相扶持，偶然發點小脾氣也要規勸勉勵，在工作中學習，在服務上努力，追求真理抗戰到底，為着大我，忘卻小己，直等到最後勝利再從容生一兩個孩子，一半兒像我，一半兒像你。

結婚人：陶行知　吳樹青

民國二十八年十二月三十一日鳳凰山育才學校

譜成一首曲多好。

不像現在的結婚證，乾乾巴巴，滿是迫不得已：符合規定，予以登記發證。鄭重其事之下，仍不免勞燕分飛，

結婚證並非質量保證書。

眾所周知，張愛玲婚約上有句：「胡蘭成與張愛玲簽訂終身，結為夫婦，願使歲月靜好，現世安慰。」張愛玲24歲的光景，嫁了38歲胡蘭成，三年後不得不離開。

但結婚之初，絕非為了離開。

眾人痛罵胡蘭成，張愛玲卻給予所有和解，她說：

不要說，這世上沒個好男人了，不要去記恨那個拋棄你的人，畢竟曾經愛過你，疼過你，寬容會讓你更美麗。

我們並不能因為總是分手的結局，就一概否決了當初的情誼。相互傾慕、相互吸引的金子般閃耀的時光，雖然短暫，但那一刻的光芒，終歸是生命裏的獲得。

如今，結婚早已喪失了結婚的本意，連如此一刻的鄭重其事也沒有了。

擔心人品，又發愁單身，一朝離異，又痛撕前任，當下的每位都是受害者，舉目都是人渣孽種不堪回首。

那些為房子而嫁，為戶口而結，為在婚姻中謀取利益之人，讓婚姻變得比任何時期都更難、更無必要。

壽命越來越長，我們的婚姻越來越短。

更無從談起離異姿態。我們對婚姻、對離異的理解，還不如當初的一紙離婚庚帖——即便離開，丈夫仍不吝嗇對「相離」後妻子的良好祝願：

為夫婦之因，前世三生結緣，始配今生之夫婦。若結緣不合，比是冤家，故來相對……既以二心不同，難歸一意，快會及諸親，各還本道。願娘子相離之後，重梳嬋鬢，美掃峨眉，巧呈窈窕之姿，選聘高官之主。解怨釋結，更莫相憎。一別兩寬，各生歡喜。

唉，如今，沒有了鄭重其事，只剩了無所適從。

22 我們為什麼迷戀太太的客廳

太太的客廳，今天聽來，如此迷人。

可是，太太客廳的說法，卻來源於冰心那篇暗諷小說《我們太太的客廳》——說到女主人虛榮自戀、呼朋喚友、工於心計——顯然與我們今天的認知，截然不同。

那塊我們認為的文人墨客們的精神桃源之地，冰心說得直接又狠：「太太的客廳」似乎並不是一個值得歌頌的好地方。

我們的太太愛在自己的客廳裏辦沙龍。城裏的各路大師紛紛雲集而來，在太太的客廳裏讀詩、聊天，並由此聯絡感情、互通有無。

雖說是這樣冠冕堂皇的目的，但是我們的太太也是有私心的。那就是所有人的眼光都一定要，也必須得要停留在太太的身上。

而這，才是太太辦沙龍真正暗藏的初衷。

整日被有才或有財的男同胞圍繞的感覺，當事人與旁觀者的感受定是不同。

當然，你說這是小說。當然，也早有人斟字酌句，行裏字外，將小說與林女士身邊的男男女女，一一做了比對。

「太太的客廳」因此掀起波瀾。據說林女士讀到此文，送了一大罈子醋給冰心。算是兩大才女之間的過招吧。

冰心有沒有受邀去過太太的客廳？

不知道。

為什麼要特意寫這麼一篇露骨的小說？

無從知曉。

到底誰更接近事情真相？

當事人心知肚明。

或許，女人最懂女人。

我們願意相信，更貼近我們認為的。

如今，民國風盛行，旗袍、傳統、文化的組合模式，已不新奇。「太太的菜餚」已端上來，「太太的客廳」就不遠了。

人們之所以喜歡「太太的客廳」，是因為它似乎滿足了當今我們的神往。尤其這幾個字，更充滿了莫名的遐想——能成為這樣一位備受尊寵的女主，必定是女中極品，姿色是必須的，智力財力更缺一不可。

這何嘗不是女人的嚮往呢？

你看：

首先，有自己的空間。

但凡一個獨立女生，無不希望擁有自己的獨立空間。哪怕只是一間客廳。

當然，現在有能力的人，早能為自己買到一套或多套房。

我的空間我做主，這種支配自由的感覺，成為當今工作的最大動力。

其二，有吸引力。

香港三聯書店 2022 年出版《霓裳・張愛玲》（增訂版）插圖

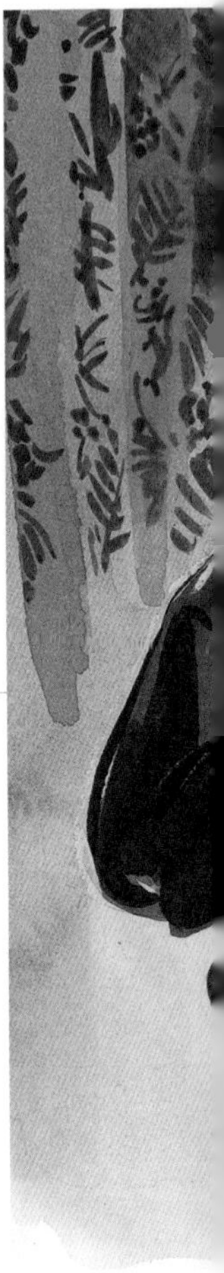

一場同學聚會，都要玻尿酸、水光針一通猛打，不也是希望亮相之際，有足夠的光彩，不成為最耀眼的那顆，至少也能星光熠熠，不要太灰頭土臉。

有吸引力，受到矚目，享受稱讚，人之常情。

其三，有文化力。

看看林徽因的朋友圈，文人、詩人、哲學家、畫家、科學家……

這樣的台搭子，與搓麻打牌之流、觥籌交錯的日常，當然在氣質上有本質的不同。

顯然，這樣的客廳演化出的空間新概念，彷彿珠串被加持過，充滿了神的能量。

這也是為什麼以民國為主題開發的項目，都不約而同想到了「太太的客廳」——風姿的女主，接踵而至的各路文人墨客，與「談笑有鴻儒，往來無白丁」對應的，絕不能是「陋室」。

有時候，我們認定自己是普通的，是不圖熱鬧的，是不屑那些裙下臣的甜言蜜語的，是不貪圖榮華富貴的，是一心只讀聖賢書的。

到頭來，如冰心那篇小說，說得清是嫉妒嗎？是不甘，還是不屑呢？

張愛玲說得更狠：「正經女人雖然痛恨蕩婦，其實若有機會扮個妖艷的角色的話，沒有一個不躍躍欲試的。」

說到底，難認清的，終歸還是自己。

時光并不殘忍 只是对于它来説我们太脆弱

23 | 且慢

年關逼近，就覺時間越來越緊張，日子過得一點也不像微信上曬的。

和朋友聊起，各自感受應該差不多。

每每話題尾聲，大家相互不由自主把頭微微上揚微笑，露出對幸福生活的嚮往，用表情給對方鼓勵和自己的暗示：嗯，明年，會好一點。

作為印花設計面料公司，我們的工作很花時間，甚至很原始，天天一筆一筆畫，一筆一筆勾，每季出幾百款花型，行業裏算是出品最多的吧。

我較少給客戶定期打電話、去回訪，書呆子氣嚴重。

我個人還是比較煩以提醒天氣、關懷身體為切入的銷售電話，我總想，每人都有自己的工作安排吧，每人都知道自己需要什麼吧，你需要的時候就來找我們吧，橫七豎八的電話多干擾啊。

所以，我特別佩服那些敢於突破自己、嘗試各種營銷模式、孜孜不倦誦記客戶名字、「你今天沒空我就明天上來」的人。

這個，就叫拚吧。

我也想拚，卻總是心有餘力不足，時間都花在這一筆一筆中了。

刷不動朋友圈了，長時間對電腦，剩餘一點眼力也花得厲害。

看不動層出不窮的公眾號了，追着

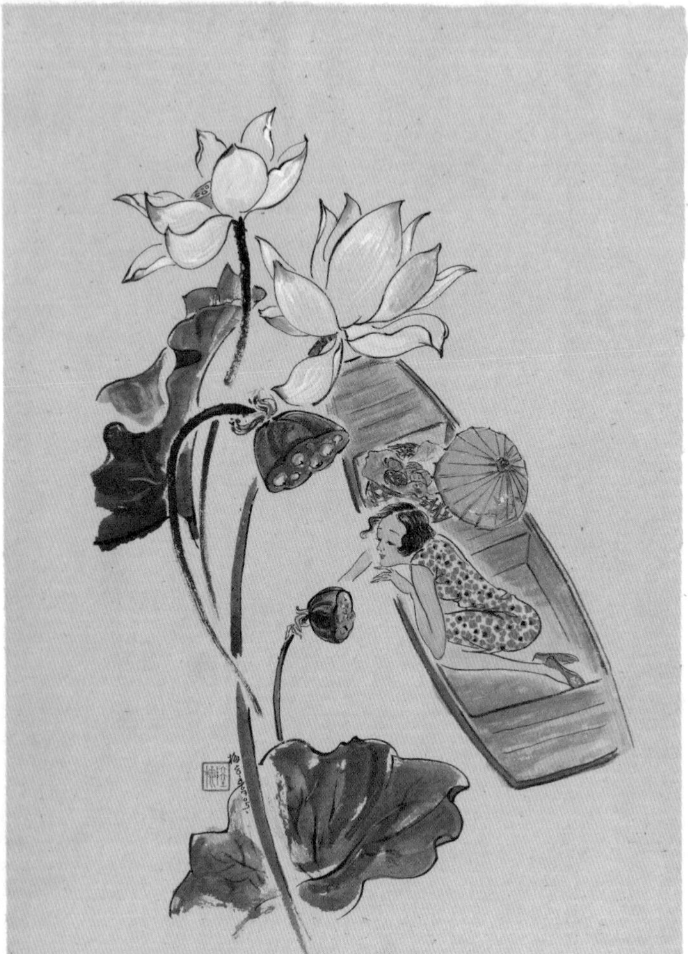

「10萬+」數據去做的內容裏，頻頻閃動的表情符號和插播的視頻剪輯，會讓我忘了要讀的東西。

看不動電視娛樂節目了，想補補漏下的歌手比賽，上網搜，怎麼也想不起是叫「中國之星」，敲來敲去是「中國好聲音」。歌手、歌星、好聲音，有區別麼？

唯一堅持下來的，是五分鐘廣播《天天竇文濤》和《鏘鏘三人行》，這傢伙的工作量簡直讓人嘆為觀止，一個人就是一支部隊：自己找題，自己錄，自己剪，自己打燈自己說，一天緊接一天，整整三百六十五天，扛的都是體力啊。

錯過櫻花不負盛夏
陸梅

聽這節目的人不多，常聽的也就三四萬人，遠不如八卦的全民跟進。

但我卻聽了一整年，跟了一整年。

都在說商業模式、思維出路、顛覆創新，老觀念過來的我，反而特別認可這種兢兢業業、勤勤勞勞的傻乎乎模式。

這樣的日復一日，如同每日吃飯、刷牙的瑣碎，我總覺得，最簡單的事做好了，才有可能過好這一天，才有可能有更好的明天。

好好吃飯
慢
慢
刷
牙
這點事情我都沒做好
我這些年都做了些什麼

——和堂空一，《且慢》集

24 — 去趟民國

我看書不多且慢，無法對書評論什麼，近來，只覺得這本《去趟民國》有意思，隨身帶着，洗頭、等朋友或睡前想起看兩眼，邊看邊畫民國小畫，斷斷續續看了三個多月。

書裏叨的就是些大人物的私生活，撇開名，便剩了家事性格、出行做派、日常情感等飲食男女瑣事。小事瑣事構成了日復一日，覺得好玩兒。

比如：郁達夫玩了一通，從廣州回到上海，從郵局收到老婆寄來的襖子，感激涕零，準備淨身穿上回北京和老婆相聚。沒想到第二天去一個同鄉家串門，在那遇見了杭州的王映霞女士，又思念上了，日記裏坦言為王女士傾倒。

話說郁達夫原配也是鄉間少有的才女啊，與老郁分手後沒再嫁，唸佛誦經，還活了82歲。

與第二任王映霞的結合是現代文學史中最著名的情事之一，當年的「神仙眷侶」最終仍以「協議離婚」而分道揚鑣。

第三任是位不識字的華僑，在郁達夫被日本人殺害後才知道身邊原來睡了位名人。

老郁與王女士的兒子郁飛曾在新加坡接受媒體採訪時，誠懇地描述了自己眼中的父親：「我的父親是一位擁有明顯優點，也有明顯缺點的人，他很愛國家，對朋友也很熱心，但做人處世過於衝動，以致家庭與生活都搞得很不愉快。他不是什麼聖人，只是一名文人，不要美化他，也不要把他醜化。」

喜歡民國時代，多是年輕時受了書本裏那些盪氣迴腸的愛情渲染，這些流傳下來的浪尖人物，在我少女時的記憶裏，感覺無一不是男俊女俏，才子佳人。

極具才情的徐志摩英年早逝，令人惋嘆，追求唯美的詩人邵洵美為表達對妻子的愛慕，還從《詩經》中的「洵美且異」中取二字為名，多麼浪漫、多麼美好，一切都是人間不食煙火神般的存在。

以偶像情懷來自我滿足，據說這是心理學上透射心理認知缺乏客觀性造成的，說白了就是喜歡的人永無缺陷，越看越喜歡，越看優點越多，好像沒有缺點似的。

多不正常啊，不能接受不完美，分不清生活和故事，這分明是種病，更是折磨。

治這種病沒有特效藥，唯有放置於生活日常中，經歷、煎熬、受虐、百孔千瘡，換句時髦的話，就是通過生活找尋自己。

民國史很短，只有三十八年，離我們並不遠。丘吉爾所言，僕人的眼裏沒有偉人。我們也常說，床邊無美人，明白這個道理，就不會自己和自己過不去。

我畫民國小畫，也喜歡像這本書似的，畫中人物不用像美女掛曆般擺姿勢，彼時是怎樣就怎樣，這瞬間表達的究竟是什麼，我也不清楚，或許是這樣，或許也未必是你看到的那樣：一方局部、一個剎那、一場相遇、一種沉思、某個片段，也許表現的都是相似的人生。

抑鬱後重拾生活的許巍在《光明之門》歌中問自己，我經過着生活，還是生活經過我？

生活、故事還是分清楚好，日子不必過給別人看。我們終究要的，是生活，不是神話。

離你最近的地方，路途最遠，最簡單的音調，需要最艱苦的練習。

——泰戈爾

時間經過二十多年
直到今天，又是這樣一瀉陽光
一片不可捉摸
不可思議流動而又恬靜的瑰寶
我才明白我那問題是永遠沒有答案的

——林徽因

不順遂比比皆是。
生活，忍受是過，享受也是過，
懂得從每一個細節呵護自己，
縱然暫時被人生冷落，
我依舊是自己的珍寶。
這才是永遠美人真正的底氣。

——唐瑛

陸梅

時光從不催人老
催人老的是放不下
放下別人的不好
放下自己的好
於是
歲月放下屠刀
我們當下安好

——和堂空一

我們的生命就似渡過一個大海，
我們都相聚在這個狹小的舟中。
死時，我們便到了岸，各往各的世界
去了。

——泰戈爾

現在我才發現，原本離別也是美好的，
如果沒有經過離別的折磨又怎麼會嚐到
歡聚的幸福？
離別我經歷的痛苦，
在歡聚時又以幸福回報了我，
有離別才有歡聚，
有痛苦才有幸福！

——張愛玲

25 ── 江南無所有 聊贈一枝春

年初有篇帖子轉得挺火，作者畢業於哈佛大學，引言裏自稱對美國文化還是有一定了解。聖誕節期間，他前往美國華盛頓附近妹妹家，懷揣一萬美元準備作聖誕禮物。

結果引出國內教育在文明中沉淪之沉重話題——「為自己只知送錢而感慚愧」。

其他人相互饋贈的禮物中，要麼是旅遊合集，要麼是書籍、畫冊，要麼是親手做的小東西……

這讓作者尷尬，現金紅包一直沒好意思送出去。

自問作為一直崇尚科學、追求真理、專為中國精英人群輸出文化享受機構的負責人，居然淪為拜金主義，送禮只會送錢了。

作者一頓痛悟，文章長且舉例甚多。

我相信作者是真心自省，目的是想喚起讀者的思考。同時，我卻亦有不解：都道入鄉隨俗，作為哈佛畢業、對美國文化頗有了解的成功精英人士，怎麼還沒融入到當地文化中呢？其實，我們隨便看幾部電影，接觸一下美國人，就應該知道人家聖誕節該怎麼賀、該送什麼禮物。

結果話題越扯越大，開始痛感國內文化教育的缺失。

丙申秋月

事實上，是不是主要問題出在自身呢？

也許，是中國式的精英一直活在自己的世界裏吧。

中國自古俗語有「秀才人情紙一張」，指的就是送禮的本意和境界。

文化人之間送禮，從來都是自己的書畫作品或書籍等。「紙一張」竟然可以作為一種珍貴的禮物，反映了自古我們「珍惜字紙」、「崇尚知識」的良好美德啊。

送禮之道，重要的是送得合適，送到心裏去。

撇去商道中五花八門有目的性的送禮花招，文人輩出的民國時期，友人間的送禮總是別出心裁。

其中，魯迅送禮絕不走奢華路綫，遵循「禮輕情意重」的君子之風，身為作家，曾多次贈送自己編寫的書籍給友人以表感謝：

> 我現並無什麼東西出版，只有一本《思想、山水、人物》，當於日內並《小約翰》譯本一同寄上。

丁玲回憶說：

> 魯迅先生曾向我要《水》的單行本，不止一本，而是要了十幾本。他也送過我幾本他自己的書。我印象最深的是他給我的書都包得整整齊齊，比中藥舖的藥

包還四四方方，有棱有角。

回想起我們小學年代的必有動作——包書皮：新學期一發課本，不捨得翻，最緊要的就是跑回家，守着爸爸包書。

舊掛曆的反面或牛皮紙，在爸爸手中一裁一折後，課本立馬也是方方正正，有棱有角。對着比別人都包得齊整的課本，翻閱似乎都格外鄭重起來。

對書的敬重，與這方正周到的包裝，定也是有些關係的吧。

魯迅對人情世故頗為體察，所送之禮，十分妥帖，給郁達夫的孩子送過圍巾和絨衫，給自己的姪兒送過餅乾和衣物，給最困難的朋友孩子送去燒餅，解其燃眉之急。

那位寫出「醒來覺得甚是愛你」而打動千萬人的朱生豪的妻子回憶丈夫——「從戀愛到婚後，從來不曾給我買過一件東西，除了書還是書。即便是書，也都是他看舊了的。」在朱看來，「買一本新書送人，實在是遠不及把自己看過的舊書，上面畫着自己的手跡的送人，來得更為多情。」

擱在現在，哪位女人能忍受？可是，這才造就絕世「才子佳人　柴米夫妻」一對兒，別的沒有，擁有先生寫給自己的 540 封情書。

1932 年夏，沈從文到蘇州九如巷三號張家門堂裏去看張兆和時，送張一大包書籍，其中有兩部英譯精裝本俄國小說，以及托爾斯泰、陀斯妥耶夫斯基和屠格涅夫的作品集。另外又買了一對十分精緻漂亮的書夾，上面飾有一對有趣的長嘴鳥。

以送書、借書還書之名交往，是當時最普遍的寄情、示愛之舉動。尤其在心愛的照片後面題字詠詩，那時那刻便定了格，才有了永恆的意義。

邵洵美夫人盛佩玉回憶：

有位郎靜山有一陣常來，他拍照的技術很高，後來他到黃山拍攝了許多照片，他拿它技術處理後印成山水照如古山水畫，送我兩張十寸大的。

郎靜山的作品真耐看，超越年代，格調高級，意境深遠，極具個人風格魅力的攝影作品，現在看來，仍令人沉醉。

此外，有共同志趣、關係較親密的同事、朋友間，多以蘊涵不同格調與意義的裝飾擺設品作為禮物。

葉聖陶因贈送給弘一法師自己的散文選集，而收到對方禮尚往來的幾個製作考究、圖案典雅的陶瓷碟子。

鍾敬文送給趙景深「一隻福建的小

漆盒，正面漆有人和山水的團，這漆盒我至今還保存着，每一動用，就想起我們的小品文作家」。

小說《新年的上午》中，富家千金素小姐睡眼惺忪地醒來後，家中僕人「已經得了她祖母的暗示，取了那一疊信封的賀年片，送到素小姐的床上……那些賀年片的形式、花樣、顏色、文字，各各不同」。

是啊，互贈賀卡，曾風靡一時。

幸好我手頭能留下的，也多虧是那些陳年賀卡，彼時的好友祝福、思念情深，一一再現，而當時只道是尋常。

今天，禮變成一串串微信裏的複製文字，禮是數字組合的錢幣，禮節愈加頻繁，禮金愈見大額，人情卻日漸淡漠。

那薄薄的一張賀卡啊，更是倍顯珍貴。

「江南無所有，聊贈一枝春」，禮輕情義重，這本不該慚愧啊。

梅
己亥春
28x48cm 2019.01

26 — 昔日新女性

> 如果我獲准從我死後的一百年出版的那些書中進行選擇，我既不是選擇小說，也不會選擇歷史著作……我會直接挑選一本時裝雜誌。她們的想像力告訴我有關未來人類的知識，將比所有哲學家、小說家、傳教士或者科學家的還要多。
>
> ——法郎士

沒錯，說的就是女人愛看的時尚雜誌，有女人的地方，必定有時尚雜誌。

即便紙媒逐漸沒落，時尚、流行熱度也未曾消失。自媒體中赫赫有名且最能盈利的，依舊是和時尚相關的自媒體博主們、時尚公眾號等。

2017年某時尚博主在其公眾號上，用4分鐘時間賣出了100輛售價28.5萬人民幣的汽車……這驚呆了傳統銷售，刷新了任何通道的帶貨能力，堪稱女性消費的最佳案例。有報道說，「她經濟」已成為未來消費業持續增長的「風口」。

該車品牌是這樣定義與該時尚博主合作的理由的：

> 她不僅僅是在分享時尚穿搭，同時也是在傳播一種積極的生活態度，鼓勵女性獨立自主。

獨立自主「新女性」，活出多才自我，成為今天最主流的話題。

然而，我們不妨看看民國時尚雜誌

那些超前的觀念，要知道，「新女性」從來都在。

民國女性雜誌，除了風靡的《良友畫報》，之後還有一本雜誌與之旗鼓相當——《玲瓏》雜誌。

1931 年，《玲瓏》於上海創刊，至 1937 年停刊，共計發行 298 期。其內容包含文學、電影、家居、時裝、社會資訊、攝影等，是一本領導女性走向平等、自由和解放的雜誌。

定位為「增進婦女優美生活，提倡社會高尚娛樂」的《玲瓏》，活脫脫就是當今 VOGUE，時尚公眾號主力方向——妥妥的新女性觀念，不得不嘆雜誌的開風氣之先。

想着近百年前，宅在家中——這份每冊大洋一角的雜誌，畢竟也只有當時的中產之家才能訂得起——丈夫上班後，或閒暇之餘，埋頭翻閱，民國女人都愛看什麼呢？民國女性雜誌有哪些至

今都「潮爆」的觀念呢？

一、「我們的購買力比男子強，這是人人所公認的」

不要誤會！先不要扣帽子！

請看！這是抵制日貨決心的節選：

我們的購買力比男子強，這是人人所公認的。我國的商場，是日本工商業的命脈，這也是人人都知道的，倘使我們果能抵制日貨，不上幾個月，日本國內，必定發生經濟恐慌。

看到「買買買」的威力嗎？小可富國，大可敵國，可見女人們購買力的意義。

請善待女人的購買力吧！

正視鋪天蓋地「女王節」的颶風吧！

女人不是天生的，而是被造就的。

從二十世紀初勞動婦女節到今天演繹成「女王節」，女性沒有停下進步的腳部。

二、「亦毋庸諱言，都市需要女人號召的」

雜誌卷首，談論的主題均是新女性

觀念——婦女與獨立、女性與職業等。

比如《婦女與職業問題》等，比如《論女人在都市之人口進增與不景氣成反比例》，文中鼓勵女人出社會工作：「都市需要女人號召的，亦毋庸諱言，越不景氣，越需要女人」，充分揭示女人生來具有的先天下之憂而憂，後天下之樂而樂的地母胸懷啊。

比如《職業與解放》呼籲：「我們想要求得解放，第一能夠經濟獨立。經濟獨立的方法，莫要於有職業……各人有各人的技術，不一定要學男子做的事，女子也有女子做的事……所謂天下不怕沒事做，只怕人們不肯做。」

如此口號，作為今天職業培訓中心的口號再合適不過了。

令我尤為驚訝的是，幾乎隔期都有大版的「體育」、「運動」照片和話題。

可見，號召健康美是當時的主旋律。見識到蓬勃朝氣的民國女性，除了封面印象的嫵媚，更多顯示的是勇於拚搏、健康運動的活力狀態啊。

發展成體育強國，早就從女性這半邊天抓起了。

「母親節談新女性」，這標題放在當今如何？

近百年，都不可避免地提到「新女性」定義。從未見到說新男性、新男

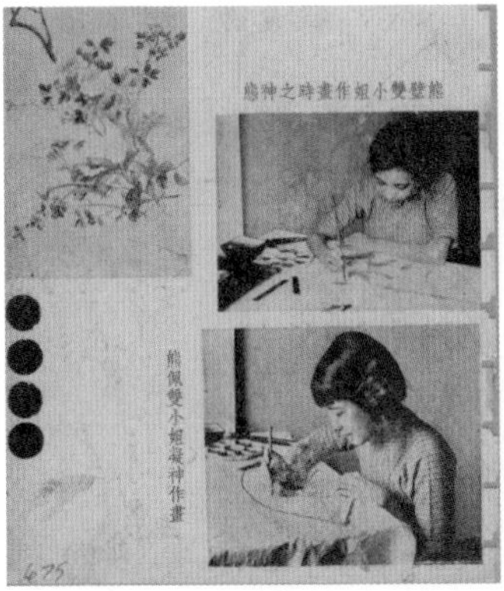

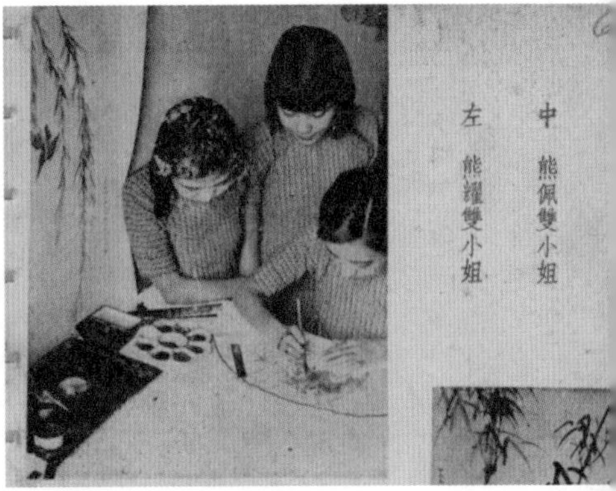

上圖：當時倡導的新女性應該具備的琴棋書畫情趣

下圖：當時新女性尤其注重健康美，雜誌有相當多篇幅報道體育賽事與運動項目

子的。

很顯然，在傳統觀念依舊禁錮的環境下，是女性，一直在孜孜不倦地求得改變和遞進啊。

三、「男子既然是這樣容易變心的人，那我豈能輕易嫁給他。」

當然缺不了的是兩性主題。

到今天，兩性關係中，尤其關於渣男、出軌、婚外戀等的認知，似乎沒有進步太多。當年甚至已經有「不嫁主義」這樣的理念——「男子既然是這樣容易變心的人，那我豈肯輕易嫁給他，被他摧殘呢？又有好多的男子，拿女子當玩具……」

注意，這可是《玲瓏》雜誌 1931 年第一卷第一期的話題。

四、「我死給你看！」

「我死給你看！」這是當年阮玲玉為情自殺的遺書。

不盲目為愛犧牲的愛情觀，是雜誌苦口婆心糾正得最多的：「從這裏我們可以推知一般殉愛而死者，實在是徒然犧牲的。沒有愛，生活覺得空虛，這話果然不錯，不過我們應當知道，一個人

阮玲玉為情自殺，全城動容

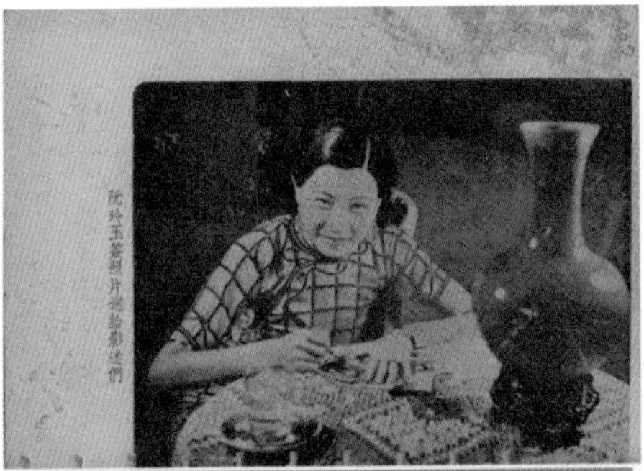

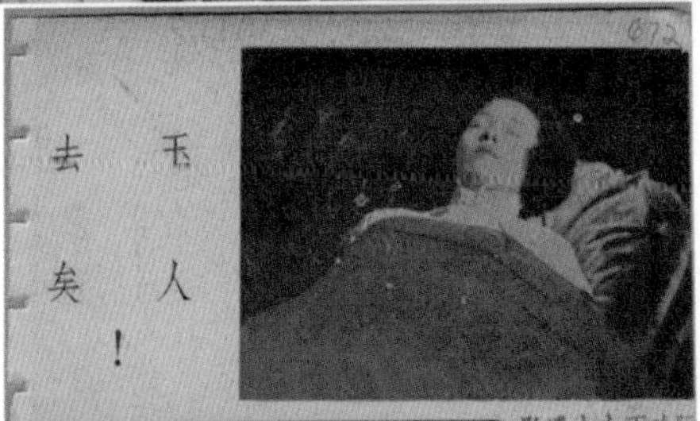

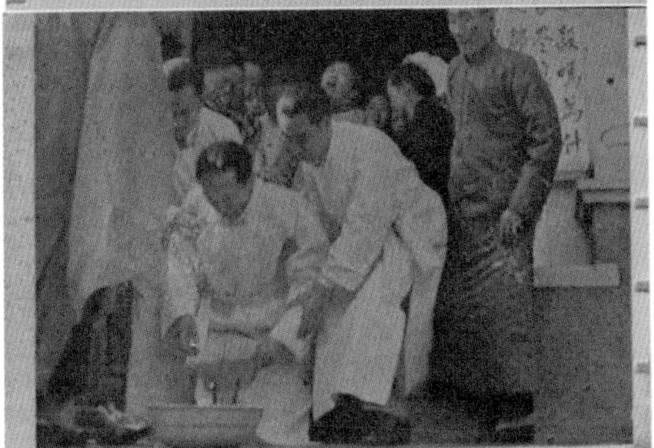

立於天地間，是有多方面的責任的，當然不可暫因戀愛的挫折而拋棄及犧牲一切。反之，一切偉大的事業，都從奮不顧身的勇氣中締造成功。自殺者若移其必死之心於事業上，則何事不能成功。」

今天，沒有情，不如有錢，這也是當下許多女生不相信愛情，選擇自己賺錢給自己安全感的原因。

五、「獨身主義者」

而另一邊廂，有一期《愛情與麵包》中，提倡了「獨身主義者」——「我常懷疑結婚於女人究竟有何益處？除了有宗族傳種之使命外，結婚是比一極辛酸之苦酒更難堪！我以為自作自謀更未得清閒，女士以為如何？」

在愛情與麵包面前，我該如何選擇？這和「我是誰、我從哪裏來、要去向何處」一樣，依舊是世紀難題。

六、「怎樣玩玩男子」

至於五花八門露骨且直接的閨房私話，不宜多做評述，必定要「批判」的。

比如《御夫術》，比如《怎樣玩玩男子》——「姐妹們，我們常常可以聽見『女子是男子的玩物』這一句話。這是多

就這樣靜〻坐着莫負了這棵
茶端平了小棵滿
空〻去放得下就不遠送了
沿來路迴去小池邊也許會撞見
一朵野蓮花
乙未孟冬
陸梅畫

等恁時重覓幽香已入小窗橫幅
歲次己亥冬月陸梅畫

麼的侮辱我們呵！現在我們須要把這句話打倒。我們要把男子做女子的玩物。」

當今話術便隱藏許多，上升到現代文明，變成練就「吸引力」等，鑄造「魅力大法」這類欲擒故縱的技能了。

近來頻頻出現的詞「女子力」，不就是說的這回事嗎？女性發揮自己作為女性的長處（如溫婉、美麗、優雅、細緻等）從而獲得自身成功的能力。

《玲瓏》雜誌的性話題之開放，到今天都不敢過多涉獵。

除了正兒八經的《性風俗與婚俗的研究》，還有類似《犯人要求解決性欲》、《宗教與同性愛的關係》等關於人性權利和種族的探討。

《我對於接吻表示》、《乳峰高大，丈夫疑我非處女？》、《要求和我同居》、《戀愛與貞操》……如此標題，露骨得咂舌。

《玲瓏雜誌》性育講座欄目頗為細緻，回復患者提問，還涉及到乳房愛護、清潔、月經、處女膜等等，例如《乳房的研究》、《關於落紅》、《生育的生理》、《性交知識》、《房事的次數》等等。

七、一位交際花的美容經驗

眾所周知，時尚、衣服、鞋帽、美

容，自然是每期女人不可或缺的重要板塊。最終也必定是配合廣告。

像《一位交際花的美容經驗》，就等同於現在的時尚博主功能，分期分享她的搽臉手法、身段保養等；《嘴的美容術》教女人如何挑選合適自己唇色的唇膏；《如何挽救皺皮》實時更新最尖端的美容術……

抗老！減肥！世世代代的女人們嚷嚷的第一要務，沒啥區別：

對於身段——你該設法保去保存你理想的重量，無論重量多少，都應設法保存的。現在的服裝，穿起來有一種很自然的尊嚴，這是從習慣了的美好身段而來的。

雜誌還常刊有全裸美女圖片，開放程度之大，不便贅述。

1935 年第 18 期《時髦在兜着圈兒》，就已指出時尚這一本質「怪圈」。

如此，何為最好的年代，還是最壞的年代，所謂已有的事，後必再有，已行的事，後必再行，日光之下無新事，我們就不要動不動就是最新，張口就是創新了。

只要堅信一條：「女王節」，拯救世界的女生來了，還有什麼不可以解決的呢？

香港三聯書店 2022 年出版《霓裳‧張愛玲》（增訂版）插圖

附記

01 — 浮生若夢 速記下江南

這一週轉悠江南而歸。

當然不是乾隆下的那個「大江南」，而是直奔杭州—烏鎮—蘇州—南京。

我的民國美人在那兒。

記得初中暑假時，媽媽出差蘇杭，扯上我一塊走，想我看看蘇州園林。我卻為此和媽媽一路賭氣：盡是些石頭、花花草草、糟舊的飛檐……有什麼好看的嘛！

我工作出差時去杭州等地，就是逛商場、泡酒吧、喝咖啡，一路「買買買」……

這次出門，我拎一個小箱，僅有2條褲子、3件T恤、2支筆、1瓶墨、2管小顏料，把箱子空間讓給一摞稿紙，就想去看看那些石、那些園、那些橋。

終於，帶上了老母親一起。

有些東西的魅力，還是得等足時間，才會體會。

所到之處，已是遊人如織。

那良辰美景，已是眾人蜂擁而賞。

摩肩撞肘，眾人踏着導遊的指導綫路，堆集園中。

我立在一角，盯一處小景，畫幾筆速寫，權當沒了人，獨樂之樂。

有朋友問，幹嘛不畫人？

嗯，當時，我眼中竟然沒有人……

今天，我們到哪兒都是旅遊格

拙政園那堆著名的石頭間，爬滿了東張西望的人。老人家在太湖石之巔，揮手示意。

大時代、小個體，深烙印，誰也不可能置身世外。

式——和當初主人之境，全然迥異。

常常是——園區門口看地圖，明了大致輪廓，想方設法用最短時間，最全面地踏過一遍才值。某處，若有導遊加點野史故事，錢啊、女人啊這類，大家嘻嘻一笑，有了記性，更覺值回票價。

而園的主人，必定不是每日一萬步，急着把園子通通過一遍。

有可能，一駐足，就是半晌時光。

我們遊什麼？主人想什麼？

我只能盡力想像當年的主人，賞心也好，傷懷也好，獨自面對這良辰美景。

都說古人最高級的喜好是玩石，我不懂石頭。我理解估計和我們玩遊戲不太一樣——再複雜的路，也要打通關，鑽過去。

導遊叫大家不要輕易嘗試鑽石林，看似一堆太湖石的堆砌，實則暗道重重。

我想當年主人的樂趣，未必是像現在這樣鑽着玩。

主人們，運用想像力，就足以樂此不疲。

古人一向追求詩中有畫，畫中有詩，今天，我看到，原來石中就有大世界。

當年的許多畫家，不就是這麼想像着創作麼？

哪裏如我們這樣的好條件，一個纜

左圖：獅子林的高山流水，遊人比例較大

如果人物縮到最小，和右圖山水畫，不就很接近麼？

車送到山頂，或畫或拍照，然後下山對照創作。

古人依靠的，唯有想像力。

也只有有了想像力，才有萬水千山總是情啊。

試想一下，把自己縮至最小，置於太湖石山，想像在山間，或行走，或休憩，可不就是「萬事皆可放下，萬物盡在心中」嗎？

園是舊的，人是新的，春去冬來，人生不過浮萍。

精緻如畫，亦是兩茫茫。

而迷人的，也就是這樣吧。

中國美術學院

中國美術學院

坐標：中國美術學院校園內咖啡館

此次出遊，目標一是博物館，目標二是小橋流水園林。

總是貪心的，原想着待在某處多些時間好好畫幾張，結果走着走着就貪多地點。畫也就成了速寫。

坐在校園內咖啡館。窗外，幾個學生一直在聊天，她們不像畫畫的女生，倒像是《創造101》中跑出來的姑娘——個個身材修長、打扮時尚，從外表看不出專業。

週末的美術學院不准外人進，都走到校門口了，沒理由退回去，便和老媽昂着頭，直接踱進校門。

咖啡館落地玻璃隔出一段與可以與媽媽休憩的時間。天氣太熱，走一遭已汗透，原本第二天想去中國美院象山校區，就此做罷。

坐下就不想動。就着目光所及，左手邊的一對成了我的模特。

坐標：杭州河坊街

杭州老城區的河坊街有點難找，因地鐵修建，烈日燒烤，便以最快速度到此一遊畫。

儘管網上說老街已商業味嚴重，但

紅顏
中國美术學院内 梅堂
拉姆咖啡館内

杭州河坊街

這些地方不都是給遊客準備的麼？

沒到胡雪岩故居，倒在胡慶餘中藥堂廊亭中坐了好一會兒，喝了中藥解暑湯。

一位當地老伯，接了幼兒園下午放學的孫女，幾乎每天下午都在這裏乘涼，玩一會兒。

小孫女好動，畫她的時候，我要求她數 60 下不亂跑，一分鐘畫好，加上她心心念念最愛的蝴蝶，小姑娘歡喜得抱住我。分手後，又在街中遇上，小姑娘老遠就大叫「阿姨阿姨，奶奶奶奶」，可愛極了。

坐標：木心紀念館

陳丹青：「他就這麼死了，我不能袖手旁觀。」

陳丹青操心，光為木心紀念館那幾張畫的擺放，就反覆調整。

好在有陳丹青。

館內手稿錄像等均不能拍照，我忍不住立在畫像前畫幾筆。

畫小，心大，處處細節。

好的畫，想一看再看。

我特別想看看木心入獄手稿。

我貼在展覽玻璃上，鼻子壓扁了，也辨認不清小小紙片上那密密麻麻如蟻

的文字。三次入獄，66頁手稿，約60萬字，縫在棉襖夾層帶出。

木心寫道：哀愁是什麼呢？要是知道哀愁是什麼，就不哀愁了。生活是什麼呢？生活是這樣的，有些事還沒有做，一定要做的。另有一些事，做了，還沒有做好。明天不散步了。

木心說：文學是我的男孩，繪畫賣出去，相當於女兒出嫁了。畫比較貴，比較有錢，文學比較窮，靠他姐姐撫養。

坐標：烏鎮

不得不說，因為木心，使得烏鎮這

西柵書場評彈，從小熟悉，未曾明白，權當置身回憶

「現做豆腐，嚐嚐吃吃」，倆個老男人的豆腐攤，東柵幾乎最後一檔，旅客們大多前面一路吃飽了過來，買的人不算多

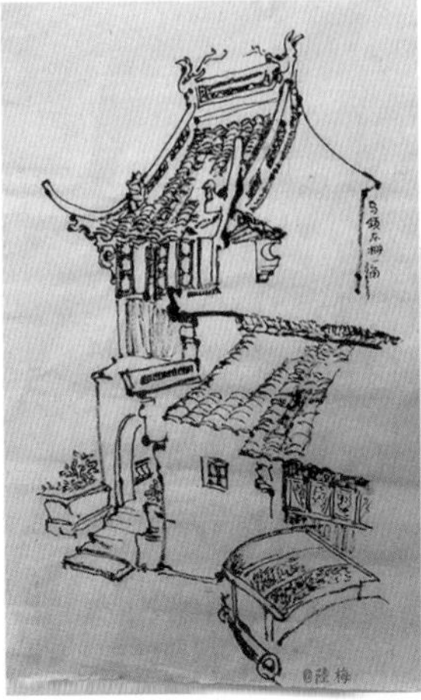

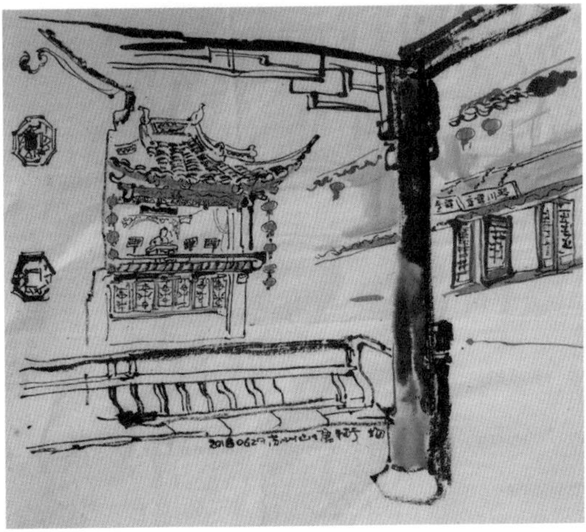

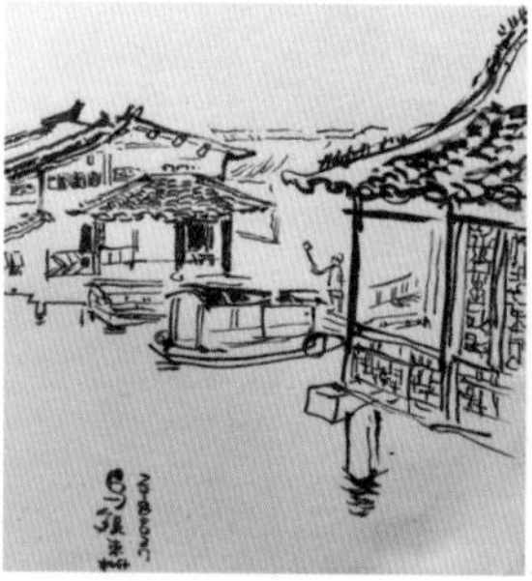

正好趕上東柵高竿表演，岸邊一人高舉自拍竿

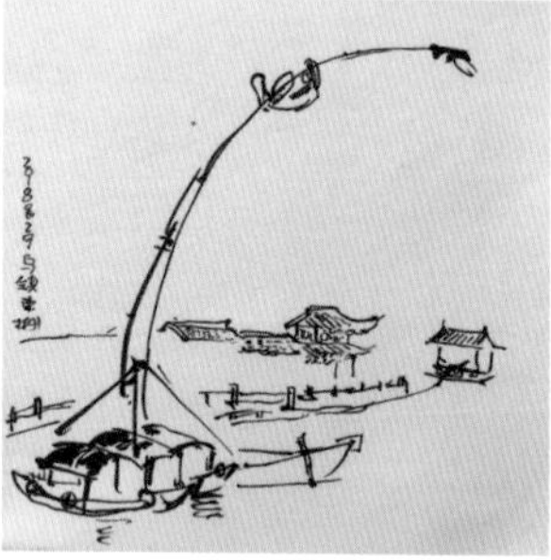

個小鎮，格外與眾不同。

各種滷豆腐我太喜歡，十塊錢滿滿一大碗。

到底是江南男子，磨豆腐的大叔年輕時定眉清目秀，相貌堂堂。

這些看似是自家老宅，其實都是租的。據說都是上海那邊包下來。

這次與十年前來烏鎮的感受不同。不把自己做遊客，就更能體會木心的一句：風啊，水啊，一頂橋……

最好吃的，從來是童時記憶的味道。「光明」冰磚，重重滷味，構成我的味蕾標準，簡單又明確。

鎮中古戲台，演奏者古箏彈得有模有樣，身後大匾：盛世華章。之後，卻執麥唱起來：「既然曾經愛過，又何必真正擁有你……」

古箏彈得好不好聽不懂，這卡拉ok跑偏一點調子就回不去了。

可是，又有什麼關係呢？

坐標：姑蘇水上游

和合二仙寒山和拾得有一段出名對話：

寒山問曰：「世間有人謗我、欺我、辱我、笑我、輕我、賤我、惡我、騙我，該如何處之乎？」

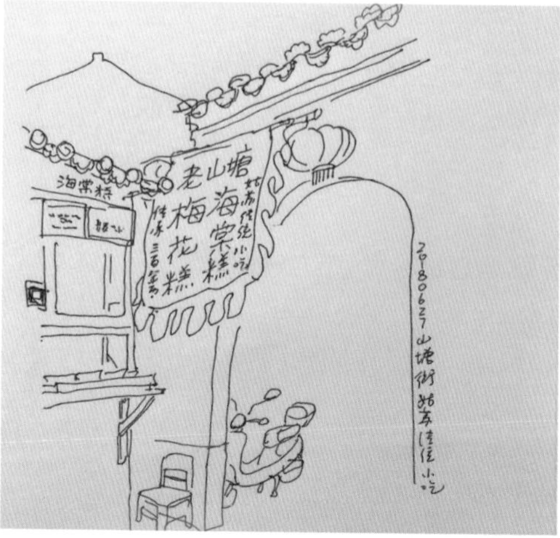
老山塘
海棠糕
梅花糕
海棠糕
20180627 山塘街

老山塘
海棠糕
梅花糕
姑苏传统特色小吃
传承三百年历史

開船前

寒山寺寒拾殿才畫兩筆，時雨

拾得回復：「只需忍他、讓他、由他、避他、耐他、敬他、不要理他，再待幾年，你且看他。」

萬事隨緣，歷歷代代說如是，何曾容易做到呢？

坐標：蘇州拙政園

人流不斷，我已汗流浹背。

坐標：杭州絲綢博物館、蘇州博物館、南京博物院、江寧織造博物館

書本上服裝歷史圖片看過那麼多，走近真實服裝才有感服裝尺寸的震撼。

不比劃不知道，一比嚇一跳，在一些巨型的大袍面前，我特地留影比例圖。

比如這件黃調的元代大袍，幾乎如一件裝置作品，我想像着主人的身高、體型，就算現代人的身材裝進去，都是綽綽有餘的量。

有意思的是，我的比例標注動作，不少姑娘覺得有趣，紛紛效仿，成了拍照新姿。

乾隆皇帝六下江南，我這後半輩子，怕也是離不開了。

拙政園一角

02 — 誠覺世事盡可原諒

精英女性越來越多。又賺錢又養家又帶孩子，還要上各類插花、茶道、古箏、繪畫班，幾乎活出了最精彩生活。

但女人相聚，卻還是脫離不了愛情、關係、相處話題的討論。

《鏘鏘圓桌派》節目中，都說徐靜蕾的「40+」PK掉蔣方舟的「20+」，活出了女人自由範兒。很明顯，雙方相處關係中，老徐處於優勢方，她可以先提條件，比如我不愛倒垃圾，就不可以叫我倒。

一不小心的自我中心，也很可怕。

木心曾言：少年人是脆弱的，因為純潔。二十七歲，三十七歲，五十七歲，人就複雜了，知道如何對付自尊心，對付人生。

有了些年紀、有了些錢和閱歷的精英女性，多多少少、不知不覺就自我築起了條件，容易有俯視群雄的優勢氣態，不由自主會提高對對方的要求，然後抱怨被剩下。

無數女性公眾號習慣用現成明星的情感狀態給予站隊答案，那樣夠簡明易懂看得見。

可是，明星她們自己才迷茫呢，因為她們找不到別人做參考。

不陷入家庭瑣事，不CARE（在乎）男人們想法，活出自己，成為當今最暢

銷的生存口號。

可是，我們的日子從來不是發生在舞台上，自由並不是我行我素，也不是自顧自己。

「40+」的經歷，不要過於自大；「20+」的迷茫，更是值得度過。

相處更不能拿砝碼稱來計較量輕重關係，不存在誰配不配得上誰。

選擇對象不要動不動就來比較：我是博士，你總不能連個大學文憑都沒有；我去過十幾個國家，你總不能連國門都沒出過；我會跳恰恰，你最好能打高爾夫；我帶孩子，你最好下廚房……處處存在自我要求，生活必定不輕鬆。

自己沒有悲哀的人，不會為別人悲哀；不會設身處地為別人着想的人，算不上成熟的人。

凡事柔情如水，念及對方一點好。

不要期盼男人要麼是成為我的英雄，要麼淪為被不屑的狗熊。

「女人忘記如何嫵媚動人的速度越快，學會憎恨他人的速度也就越快。」尼采早已一針見血。

不要在一個人身上使勁，別指望某個人滿足你的所有念想。

——劉蓉

放過自己，放過對方，誠覺世事皆

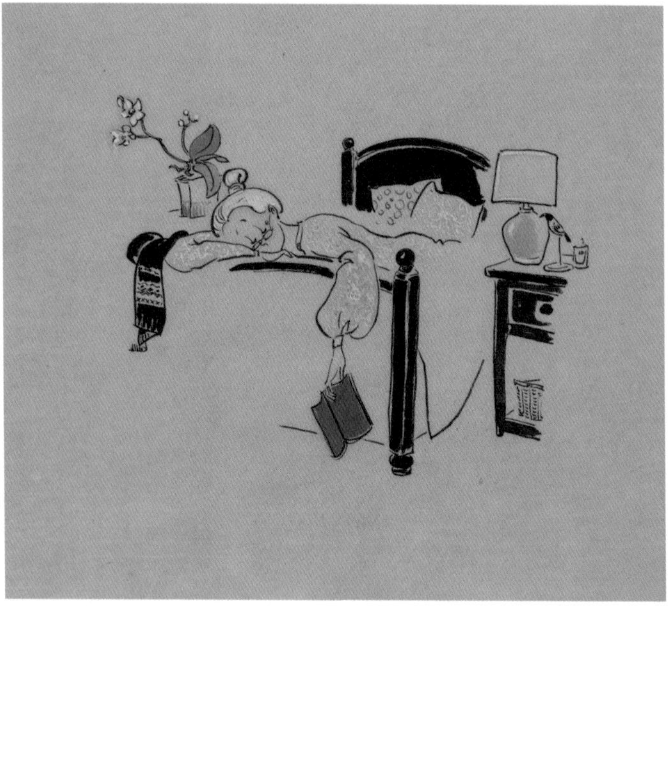

可原諒，方輕盈，更自由。

五月將盡
連日強光普照
一路一路樹蔭
呆滯到傍晚
紅胸鳥在電綫上囀鳴
天色舒齊地暗下來
那是慢慢地，很慢
綠葉藂間的白屋
夕陽射亮玻璃
草坪濕透，還在灑
藍紫鳶尾花一味夢幻
都相約暗下，暗下
清晰，和藹，委婉
不知原諒什麼
誠覺世事盡可原諒

——木心

03 — 旗袍迷媽媽們十大經典拍照 POSE

媽媽們都迷上了旗袍。

近幾年，大大小小同學會、公司年會趴體小聚會，處處旗袍團秀。

畢竟沒了大宅門，沒有坐慣宋椅唐蒲團，沒有從小沏茶、端坐的教訓，突然多了一種服飾選擇。旗袍到底如何展示真美，這真是個問題。

畢竟旗袍一不小心沒處理好禮儀就可能成了服務生。

端莊，嫵媚，性感，嗲粘……當今理解，各自演繹，混搭出現在媽媽們的旗袍特色POSE（姿勢）裏。

繼絲巾成為媽媽們拍照必備道具後，為更好展示媽媽們的溫情如水，除了四季常備絲巾，旗袍媽媽們拍照還多了以下必備道具：扇、傘、茶具、琴、包、書等。

在「國風道具」下，搭配拍照經典的「頭痛」、「腰痛」、「屁股痛」……也可以得到最大限度的發揮了。

1. 端茶在手

端茶在手，表休閒、表舒適、表閒情逸趣。

過去咱動不動端星巴克咖啡，當今世界，體現國風，茶文化必須得做起來。

懂不懂喝鏡頭不知道，拍照最關鍵

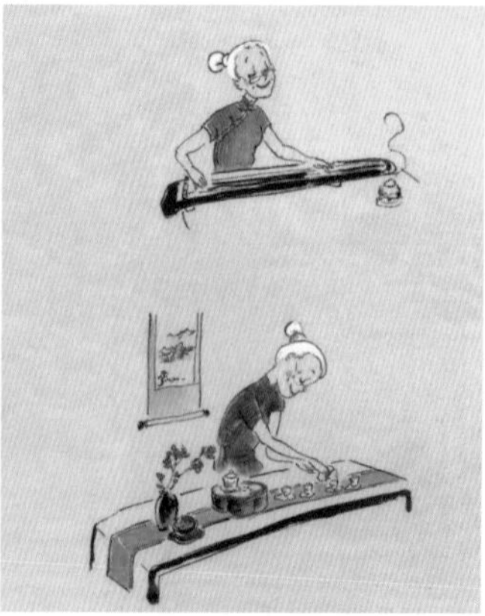

的是姿勢到位。

嗨！

品茶的全套，不是一大半關鍵在擺 POSE 麼！

2. 琴深深

古琴古箏，這專業性高，平時不敢擺這等 POSE。

情深深……這個，我，不裝不裝。

3. 折枝嗅

任何時候，女人與花都是相配的，

「折花枝」乃媽媽們百擺不膩的常青POSE。

4. 倚窗美

倚靠窗+執扇=姿態嫵媚殺
不靠窗，就靠柱。
智慧的中國媽媽們早已知道如何表達一種獨屬旗袍秀的美態。

5. 站靠牆

站姿一來，立靠牆，大門、小門，大框、小框。給我一個門腳，支撐起

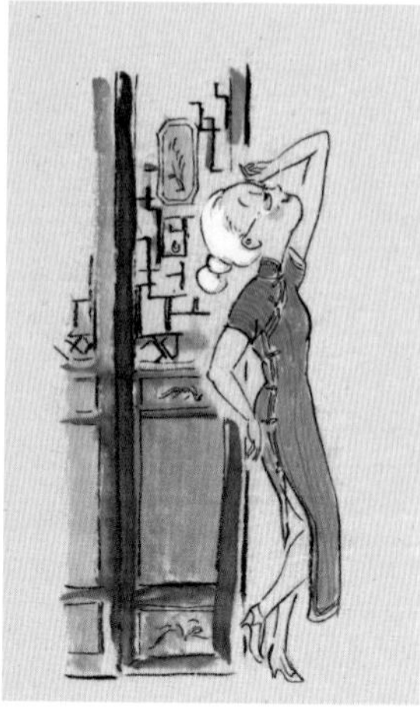

的，是媽媽們盈盈的小腰。

6. 拎小包

小包道具本是隨身之物，自然拿取即好。

小包不是定時炸彈，拎着如此小心翼翼，若為道具而道具，拈在手，會裝成了姿態。

7. 抄經式

抄經、寫毛筆字蔚然成風。

媽媽們的週末往往不是在抄經的課

堂，就在趕去書法班的路上。

結識新朋友，曬新鮮臨大字，毛筆練起來，姿勢端起來。

寫毛筆字，已成為旗袍媽媽最愛的POSE之一。

除了買包包，現在的媽媽們好忙的。

8. 搖扇篇

一張椅，一方台，一束花，一紙扇，一安座。此為民國範經典造型，只不過，若過於強調高開叉，凹出過分的「S」型，則少了恬靜，缺了味道。

當然你會說，那樣多死板，那時是

個不強調胸的年代，穿旗袍不就是用來展示曲綫的麼？

旗袍作為民國時的常服，日常就是如常，如常就是平常，不做作，不為鏡頭而刻意，不過於努力展示，着旗袍，才更能凸顯各自的原本。

讓內在悄然展示，含蓄美方能更長久。

9. 打傘的丁香媽媽

撐傘，還必須是油紙傘。

雨巷、油紙傘、丁香花姑娘……懷舊夢的演繹。

撐着油紙傘，獨自
彷徨在悠長、悠長
又寂寥的雨巷
我希望逢着
一個丁香一樣地
結着愁怨的姑娘
……

一不小心，丁香花般的姑娘成了丁香花媽媽。

旗袍走秀必備姿勢、隊形、蘭花指，走起！

10. 執書卷

執書在手，從來是最高級的拍照姿勢。

「旗袍+書卷氣」，這怕是大多數媽媽們最愛的POSE了。

作為創作，我的畫中出現最多的就是閱讀。

為什麼平板電腦、手機氾濫的現在，我們還是需要一本書做最後的姿態？

媽媽們真心不容易啊。

每逢一年一度高考時，旗袍在望子成龍的媽媽心裏，便發揮成助戰的戰袍！

將旗袍從服飾發揮至中國特色的功能服、祈願服，多麼了不起的中國媽媽！

還有什麼做不到？還有什麼不會實現？

媽媽們開心，就是咱的開心啊！

04 — 我的信仰是孤獨

我常常將自己處理成非常忙碌的樣子。

好像這樣才活得有意義。

有時候，我們通過拚命做事、熱烈交友、日夜刷機、銷售做大、空無閒暇來顯出自己的重要。

填滿日子，好像忘記孤獨。

那是因為，這是寂寞，並不是孤獨。寂寞才需要排遣。

據說，喜歡自拍的強度，和內心寂寞強度成正比。依賴手機，只會讓人越來越寂寞。

說喜歡孤獨的人，未必是真喜歡孤獨，多半是一種腔調。如同抑鬱中的人，不會承認抑鬱。

> 所有人都顯得很寂寞，用自己的方式想盡辦法排遣寂寞，事實上仍然是延續自己的寂寞。寂寞是造化對群居者的詛咒，孤獨才是寂寞的唯一出口。
>
> ——馬爾克斯《百年孤獨》

孤獨的人，不說，只做。

一個人，一杯茶，一支煙。

一束花，一幢樓，一片海。

看起來孤獨的樣子，並不代表真正的孤獨。

因為，他懂得：耐心是實現一切夢想的唯一的、真正的基礎。

專心致志地縫紉，不為別的，只因為喜歡

專心致志地烹飪，多麼迷人

唯有在孤獨裏，才可以實現耐心，做事才可以純粹，才能投入，才能離你自己的內心更近。

孤獨的事，不分高低貴賤。

專心致志地縫紉，密密匝匝地刺繡，細細打磨一塊老木，千雕萬修一把鐵壺，無一不需要孤獨。

有時候，只有認真重複做好一件事，才能了解做事本身的意義，才能更好地了解自己。

卡夫卡的孤獨是這樣的：

> 我最理想的生活方式是帶着紙筆和一盞燈待在一個寬敞的、閉門杜戶的地窖最裏面的一間裏。飯由人送來，放在離我這間最遠的、地窖的第一道門後。穿着睡衣、穿過地窖所有的房間去取飯將是我唯一的散步。然後我又回到我的桌旁、深思着細嚼慢嚥，緊接着又馬上開始寫作。那樣我將寫出什么樣的作品啊！我將會從怎樣的深處把它挖掘出來啊。
>
> 如果沒有這些可怕的不眠之夜，我根本不會寫作。而在夜裏，我總是清楚地意識到我單獨監禁的處境。

張愛玲眼中的孤獨：

> 風景畫裏我最喜歡那張《破屋》，是中午的太陽下的一座白房子，有一隻獨眼樣的黑洞洞的窗；從屋頂上往下裂開一條

大縫，房子像在那裏笑，一震一震，笑得要倒了。通到屋子的小路，已經看不大見了，四下裏生着高高下下的草，在日光中極淡極淡，一片模糊。那哽噎的日色，使人想起「長安古道音坐絕，音塵絕，西風殘照，漢家陵闕。」可是這裏並沒有巍峨的過去，有的只是中產階級的荒涼，更空虛的空虛。

對這些話的領會程度，取決於你孤獨的深度。

對人間充滿摯愛的人，才可能體驗真正的孤獨；孤獨產生於愛，孤獨是高貴的。

孤獨，注定是生命的必然，是一輩子要學習的事。

關上門，不是為了幽禁歡樂，而是為了解放悲傷。我的孤獨是一座花園。

——阿多尼斯《我的孤獨是一座花園》

我的孤獨時刻，是關掉手機，待在酒店三天三夜，買上一堆方便麵，什麼都不做，哪兒也不去，徹底清空。

我的信仰是孤獨，可是，我們有機會孤獨嗎？

我的孤獨會開花

※

後記——旗袍　女人的最愛 One Piece

旗袍的流行和對旗袍的熱情，從來沒有像今天這麼熱鬧。

沒有哪個年代的服飾，如旗袍所受到的待遇，較之今天的熱捧，冰火兩重天。

但是，旗袍斷代太久了，穿的環境也完全不同，從當年的日常裝，到今天成為一類服飾，意義顯然不同。

我愛畫旗袍美女，我喜歡旗袍，對於旗袍，我有三點感受：

一、旗袍魅力之美，無法取代

在表現女性美上，任何其他服飾都無法替代旗袍。因此「旗袍熱」會比任何的時尚潮流更持久。

二、旗袍改良之美，需要工匠精神

因為流行，從事旗袍產業的人越來越多。

爭論到底是堅持完全傳統的手工旗袍，還是改良旗袍，這不重要。重要的是，如果真的要將這一門類做精做專，在了解傳統、錘煉工藝、研究現在身材與服飾關係上，投入時間是必須的，不然就只局限於旗袍簡單元素的浮誇體現。

包括我現在從事的旗袍繪畫創作，對於民國相關資料的收集、梳理、提煉、表現，都需要花時間。

工匠精神，在旗袍的傳承發揮上，是必定需要的。

三、旗袍穿着之美，需要修煉自我

因為旗袍的盛行，大量的旗袍穿着彤體班應運而生，人們容易落入為穿旗袍而穿旗袍的套路。一種服飾要融入當下思潮，其審美還要和當今生活方式接洽。

慢慢體會穿旗袍不是刻意擺出來的美，不刻意賣弄女性特徵時，旗袍才會耐看。

但願旗袍的重回流行，不再僅僅是個「網紅」服飾。旗袍之美，不再被辜負。

我相信，旗袍的未來，也會如小黑裙一樣，成為女人的必備 One Piece（此處譯為「經典服飾」）。

陸梅

畫家、時尚插畫師

責任編輯　王婉珠
書籍設計　a_kun
書籍排版　楊　錄

書　　名　旗袍時尚情畫
著　　者　陸　梅
出　　版　三聯書店（香港）有限公司
香港北角英皇道四九九號北角工業大廈二十樓
Joint Publishing (H.K.) Co., Ltd.
20/F., North Point Industrial Building,
499 King's Road, North Point, Hong Kong
香港發行　香港聯合書刊物流有限公司
香港新界荃灣德士古道二二〇至二四八號十六樓
印　　刷　中華商務彩色印刷有限公司
香港新界大埔汀麗路三十六號十四字樓
版　　次　二〇二三年三月香港第一版第一次印刷
規　　格　大三十二開（132×210 mm）三一二面
國際書號　ISBN 978-962-04-5117-1